중학생의
인생문장

고등학교 국어쌤이 알려주는

중학생의
인생문장

초판 1쇄 발행 │ 2021년 10월 11일
2쇄 인쇄 │ 2022년 8월 1일

지은이 │ 기라성
그림 │ 이새미
발행인 │ 최현숙
펴낸곳 │ 도서출판 덤보

출판등록 │ 2020. 03. 04 제2020-000006호
주소 │ 서울특별시 강북구 도봉로95길 33, 1층(수유동)
전화 │ 02-6013-3919
팩스 │ 02-6499-8919
이메일 │ rashomon2580@naver.com
인스타그램 │ @dumbo_books

ⓒ 기라성, 2021, Printed in Seoul, Korea

ISBN 979-11-971933-2-3 43800

고등학교 국어쌤이 알려주는

중학생의
인생문장

기라성 지음·**이새미** 그림

 도서출판 덤보

스스로 책을 찾아 읽는 힘

저는 고3 담임을 맡았던 해에 아이들을 졸업시킨 후 느낀 공허함을 달래보고자, 언젠가 꼭 하고 싶었던 일 중 하나인 '혼자 여행하기'를 실천해보았어요. 옥천 · 대구 · 경주 등 미리 계획했던 코스로 기차를 타고 이동했죠. 마지막 코스는 부산! 해운대와 광안리, '낙곱새'와 돼지국밥까지. 더할 나위 없는 시간이었습니다.

여행을 더욱 빛나게 해준 마지막 장소는 다름 아닌 요산문학관! 부산 지하철을 타고 범어사역에 내렸습니다. 역에서 문학관까지는 10분. 찾아가는 길도 어렵지 않았어요. 담벼락에 새겨진 반가운 글귀들이 자연스레 문학관으로 발길을 이끌어주더군요. 요산문학관 입구에서 만난 "사람답게 살아가라"라는 김정한 선생의 외침은, 그야말로 심장을 뜨겁게 만들어주었습니다. 문학관에서 머문 시간은 길지 않았지만, 제 손에 책을 들려주기에 충분했어요. 저는 집으로 돌아오는 기차 안에서부터 책에 흠뻑 빠져들었답니다.

문학작품 읽기는 놀랍게도, 해당 작품으로 시작하지 않을 수도 있답니다. 특히나 소설의 경우, 작가나 그가 활동한 시대적 배경, 그 밖에 다양한 요소들이 함께 어우러지며 정보가 구성될 때 더욱 힘이 센 '읽기'가 됩니다. 그 힘을 전해드리고자, 정성을 다해 글을 써 내려갔습니다. 독자 여러분께 전해드리고자 하는 힘이 독서를 해내는 '기술적인' 측면을 말하는 것은 아닙니다. 그렇기에 이 책이 '독서법'을 다루는 책이라고 할 수는 없을 듯해요. 읽기 능력을 키워주는 도서들은 이미 무수히 많습니다. 그런데 그러한 능력을 키우기 전에 우선 책을 향해 스스로 손을 뻗을 수 있는 힘을 키우는 훈련이 필요하다고 생각했어요.

작가가 한 발 한 발 디뎌온 삶의 순간들과 소설이 쓰인 시대적인 상황 그리고 그것이 녹아있는 여러 작품까지, 이 한 권에 흥미롭고 알차게 담아내고자 애썼습니다. '인생문장'을 경험한 친구들이 새로운 책을 향해 거침없이 다가갈 수 있기를 바라며.

중학생의 인생문장, 지금 시작합니다!

2021년의 여름날
웅숭깊은 라쌤 올림

·차례·

이 책은…

- 작품의 명문장을 소개하며 책에 흥미를 일게 합니다.

- '여는 글'에서 줄거리를 소개하여 책에 대한 기본적인 이해를 돕습니다.

- '이 문장의 주인은?'에서 작가를 소개합니다.

- '친구들에게 이 책을 추천해!'에서 작가의 다른 대표작을 소개하며 자연스럽게 2차 독서의 방향을 제시합니다.

- '작가의 세계관이 궁금해!'에서 작가의 생애와 에피소드 등을 더욱 깊이 다루며 입체적으로 작가와 작품을 이해할 수 있게 돕습니다. 이를 통해 작품관과 작품에 나타난 특징 등을 보다 자세히 알 수 있습니다.

- '작가를 느끼고 싶다면?'에서 작가를 위해 조성된 박물관이나 문학관을 저자가 실제 방문하여 소개합니다. 작가를 더욱 가까이 느끼고 그의 삶과 문학세계를 이해할 수 있는 정보를 제공합니다. 이를 통해 독자들이 실제 견학 및 여행으로 책과 더불어 현실에서 문학을 다양한 방법으로 체험하게 돕습니다.

순수의 극치를 이뤄낸
한국문학의 대들보

◇◇◇◇◇◇

황순원

"저쪽 갈밭머리에 갈꽃이 한 옴큼 움직였다.

소녀가 갈꽃을 안고 있었다.

그리고, 이제는 천천한 걸음이었다.

유난히 맑은 가을 햇살이 소녀의 갈꽃 머리에서 반짝거렸다.

소녀 아닌 갈꽃이 들길을 걸어가는 것만 같았다."

―《소나기》

인간은 늘 사랑이란 감정을 가진 채 살아가는 존재가 아닐까?

소년은 개울가에서 매일 같이 개울물에 손을 담그고 물장난을 하는 윤초시네 증손녀를 만나. 소녀는 세수하다 말고 조약돌 하나를 집어서 소년에게 던지지. "이 바보!"라고 외치면서. 다음 날 개울가에 소녀가 보이지 않자 소년은 애틋한 감정이 들었어. 어느 토요일, 개울가에서 다시 만난 둘은 가을 들판을 달려 산 밑까지 올라가. 가을꽃 구경도 하고, 송아지도 타면서. 그런데 하필이면 그때 소나기가 내리는 거야. 둘은 수숫단 더미 아래 들어가 소나기를 피했고, 비가 그친 후 돌아오는 길에 물이 불어난 도랑을 건널 수 있도록 소년이 소녀를 업고 건너갔지. 며칠이 지나 소년을 다시 만난 소녀는 그날 소나기를 맞고 많이 아팠다고 말해. 소녀의 분홍 스웨터에는 소년이 업어줬을 때 묻은 물풀 자국이 남아 있었어. 자국을 보여주면서 이사를 가게 되었다고 말하는 소녀.

소녀의 이삿날, 결국 둘은 만나지 못해. 그런데 그날 밤 소년은 아버지와 어머니의 대화를 통해서 소녀가 죽었다는 사실을 알게 돼. 죽기 전, 소녀는 자신이 입던 옷을 함께 묻어 달라고 말했다면서.

소년과 소녀의 때 묻지 않은 풋풋한 사랑 이야기는, 아마 전 국민이 알고 있을 거야. 글을 읽으면서 우린 머릿속에 아름다운 시골 풍경은 물론, 순수함 가득한 소년과 소녀의 모습을 그려볼 수 있어.

황순원 문학촌 '소나기마을'에서 황순원을 추억하는 여러 문인의 글을 엮어 《모든 사랑은 첫사랑이다》라는 책을 출간했어. 황순원이 《소나기》를 통해 전하고자 했던 메시지는 아마도, 아픔과 미움이 가득한 세상 속에서도 절대 마음속 한구석에 자리한 순수성을 잃지 않길 바라는 마음이 아니었을까. 모든 사랑은, 정말 첫사랑처럼 순수한 것일지 몰라.

독서 길잡이

읽기 대상   중1~중3
읽기 난이도   ★★☆☆☆
읽기 특징   중학교 교과서 수록 작품

★ 이 문장의 주인은?

작가로, 한 사람으로 세상의 모범이 되고자 했던

· **황순원**

　황순원은 1915년 3월 26일, 평안남도 대동군에서 태어났어. 부유한 집안 덕에 어려서부터 다양한 교육을 받으며 자랄 수 있었지. 심지어 당시에는 접하기 힘들었던 스케이트를 타거나 바이올린 수업을 받기도 했어. 유복한 환경 덕분에 가능한 일이었지. 그런데 다섯 살이 되던 해, 아버지 황찬영이 3·1운동에 연루●되어 옥살이를 하게 돼. 집안의 분위기는 한순간에 어두워졌고, 아직 어린 황순원은 고독과 우울감이 뭔지 알게 되었어. 그런데 이러한 부정적 감정은 황순원이 문학의 길로 들어서는 데 큰 도움을 주었어.

●　남이 저지른 범죄에 연관되었다는 뜻이야.

황순원은 1929년 평안북도 정주에 있는 오산학교에 입학했어. 그곳에서 자신의 '롤모델'이 된 오산학교 설립자이자 독립운동가인 '남강 이승훈' 선생을 만나게 돼. 황순원은 이승훈을 보고 "남자라는 것은 저렇게 늙을수록 아름다워질 수 있는 것이로구나"라고 말할 정도로 그의 삶이 지닌 멋을 닮고 싶어 했어. 어린 나이에도 겉으로는 보이지 않는, 사람의 내면을 이해하고자 했던 황순원의 관찰력과 생각의 깊이를 알 수 있는 대목이야. 그러나 머지 않아 황순원은 건강 문제로 숭실중학교로 전학을 가게 돼. 그리고 열여섯이라는 어린 나이에 본격적으로 시를 쓰기 시작하지. 1931년 문예지 〈동광〉●에 시 〈나의 꿈〉을 시작으로 여러 편의 작품을 잇따라 발표했어. 그러다 일본 와세다대학교 재학 시절, 시집을 출판하지.

이후 1937년에는 《거리의 부사》라는 단편소설을 집필하여 소설가로서의 시작을 알리기도 했어. 놀라운 사실은 소설을 쓴 지 3년 만에 단편집을 출간했다는 점이야. 하지만 이후 한동안은 일제의 조선어 말살 정책으로, 작품을 발표할 기회를 얻을 수 없었어. 고국의 암흑기에 고향에 머물면서 묵묵히 작품활동에 전념했고, 이때 《독 짓는 늙은이》와 같은 뛰어난 작품들을 집필했지. 일부 작가들은 생계를 위한답시고 일본을 찬양하거나 일제에 동조하는 친일

● 1926년 주요한이 안창호의 흥사단을 배경으로 창간한 잡지를 말해.

작품을 써서 발표하기도 했는데, 황순원은 자신을 그리고 민족혼을 지키기 위해 묵묵히 우리말 소설을 써 내려갔어.

다행히 해방 이후, 북에서 남으로 내려와 꾸준히 작품활동을 이어나갈 수 있었어.《목넘이 마을의 개》,《학》,《소나기》,《카인의 후예》등 그야말로 발표하는 작품마다 명작의 반열에 오를 정도로 뛰어난 글이었지. 경희대 조교수로 재직할 때는 후학 양성에도 힘썼는데, 소설가 전상국이나 조세희 등이 그의 제자들이야.

황순원은 늘 성실한 작가 활동을 이어나갔어. 끊임없이 단편소설을 발표했고, 장편소설을 연재했으며, 자신의 작품을 직접 고쳐서 새롭게 발표하는 '개작 활동'을 하기도 했어. 작가로서의 명성이 자자했음에도, 늘 자신에게 채찍질하기를 멈추지 않았던 거야. 그래서인지, 후대의 문인들은 '황순원의 삶이 곧 우리 문학의 역사', '황순원은 수많은 봉우리를 거느린 우리 문학의 산맥'과 같은 수식어로 그에 대한 존경심을 표현하고 있어.

★ 친구들에게 이 책을 추천해!

《이리도》

《이리도》는 1950년에 종합교양지 〈백민〉*에 발표된 단편소설이야. '이리도'라는 제목은 '이리마저도'라는 의미인데, '(짐승인) 이리도 이렇게 행동하는데 사람은 오죽하겠는가' 정도로 해석해 볼 수 있어. '나'는 어릴 적 '만수'의 집에 놀러 간 기억을 떠올리는데, 만수네 집에서 듣게 된 '만수 외삼촌'의 이야기가 작품의 주된 내용이야. 삼촌은 어느 몽골인의 집에 일본인과 함께 묵게 되었어. 삼촌, 몽골인, 일본인, 이렇게 셋이서 술을 마시던 중 밖에 이리떼가 나타나지. 집주인인 몽골인이 말렸는데도 일본인은 권총을 들고 이리를 잡겠다고 나섰다가 결국 흔적도 없이 사라져 버려. 외삼촌은 이리까지도 살기 위해 저렇게 발버둥 친다는 생각에 오싹함을 느끼지.

이 작품은 일제강점기를 배경으로 하고 있어. 이리가 가지고 있는 생존 본능과 우리 민족의 끈질긴 생명력을 연결해서, 민족의 저항의식을 불러일으킨 작품이야. 삶의 여러 고비에서 어떠한 태도를 지니고 살아야 하는지를 보여주는 작품이라고 할 수 있어.

《학》

1953년에 종합잡지 〈신천지〉●●에 발표된 단편소설 《학》은 한국전쟁이 휴전으로 치닫던 시기에 쓰인 작품이야. 단짝으로 자란 두 친구가 전쟁이라는 상황 속에서 적으로 만나게 되는 비극을 다루

● 1945년 작가 김현송이 우리 민족의 자주적인 문화를 만들기 위해 창간한 문예지를 말해.
●● 1946년 〈서울신문사〉에서 〈매일신보〉 후속으로 발행한 시사적인 성격의 잡지를 말해.

고 있지. '성삼'과 '덕재'는 고향에서 오랜 시간을 함께 보낸 친구였
어. 그런데 한국전쟁이 발발하고 성삼은 국군으로, 덕재는 공산당
원으로, 그렇게 각자 다른 이념으로 갈라지게 되었지. 그리고 덕재
는 국군의 포로가 된 상황이야. 성삼이 덕재의 호송을 자원하여 둘
은 이야기를 나눌 기회가 생기는데, 이 대화를 통해 서로가 서로에
게 가지고 있던 오해를 풀 수 있게 돼. 산길을 가다가 학 떼를 보게
된 성삼은 과거에 어른들 몰래 학을 풀어 주던 때를 기억하며 덕재
를 놓아주지. 이념의 대립으로 인해 갈라진 우리 민족의 아픔과 분
단의 비극도 넘보지 못할 따뜻한 인간미를 모두 확인할 수 있는 작
품이야.

《너와 나만의 시간》

　1958년에 문학잡지 〈현대문학〉*에 발표된 단편소설《너와 나만
의 시간》은 전쟁이라는 극단적 상황 속에서 목숨을 잃을지도 모를
'주 대위'와 '현 중위' 그리고 '김 일병'의 심리상태를 매우 섬세하게
그린 작품이야. 주 대위는 다리 부상으로 혼자 이동할 수 없는 상태
였어. 그렇지만 자신을 버리고 가라는 말은 차마 하지 못해. 살고자
하는 욕망은 누구에게나 있는 것이니까. 현 중위는 주 대위가 스스

●　1955년 〈현대문학〉 사에서 시·소설·희곡·수필·평론 등 문학 전반에 걸친 창작 작품을 다룬 문학잡
　지를 말해.

로 생을 마감하기를 바라고 있었고, 결국 주 대위를 버리고 떠나는 선택을 하고 말아. 그렇지만 김 일병은 주 대위를 외면하지 않고 끝까지 지키며 인간애를 발휘하고 있었어. 그러나 주 대위는 업혀 있던 김 일병의 등에서 숨을 거두면서 소설은 끝을 맺지.

이야기의 결말도 극적이지만, 내용이 전개될수록 인물들이 가지고 있는 삶에 대한 본능과 그 심리가 매우 긴장감 넘치게 이어지는 작품이야.

★ 작가의 세계관이 궁금해!

우리나라 국민에게 '황순원'이라는 이름을 꺼내면, 가장 먼저 돌아오는 말은 아마도 '소나기'가 아닐까?《소나기》와 같은 내용의 작품을 우리는 흔히 '성장소설'이라 불러. 이는 주인공들이 사랑과 이별 등 다양한 경험을 하면서 진정한 인간세계를 배우고, 작품 속 등장인물들의 내면적 성장 과정을 다루었다는 의미야.

그런데 유독 황순원 소설에는 이런 성장소설류의 작품이 많아. 《별》은 돌아가신 어머니를 그리워하는 소년의 성장기를,《산골 아이》는 산골 마을에서 살아가는 아이의 일상을 다룬 작품이야. 황순원의 초기 작품들은 서정적인, 마치 한 편의 시를 읊조리듯 전개되는 경우가 많아. '소년소녀의 사랑이야기'처럼 순수하고, 아름다운 내용을 표현하기에 매우 적절한 문체라고 할 수 있지. 그래서인지 《소나기》는 대한민국을 넘어 해외에서도 매우 큰 관심을 받은 작품이야.

황순원은 70년이 넘는 오랜 기간 작품을 집필해왔어. 더불어 문학에 대한 다양한 실험정신을 기반으로 엄청난 양의 작품을 창작해냈지. 그의 작품세계를 단순히 몇 마디로 정의하는 것은 불가능에 가까운 일이라고 생각해. 그렇지만 황순원 문학의 중요한 틀이 되었던 한 가지를 이야기한다면, 그것은 바로 시대 상황으로 인해 고통받는 인물들의 삶을 다루었다는 점이야.

사실 황순원은 평양에서 해방의 기쁨을 담아 몇몇 시와 소설을 발표했는데, 북한 정부가 지속적으로 정치적 선동을 하는 모습을 보고 남한으로의 이주를 결정하게 되었어. 자신이 생각하는 해방 후의 모습과는 달랐던 거야. 게다가 황순원의 집안이 지주 계층이었던 점도 부담이 되었을 거야. 월남을 선택한 덕분에 자신이 추구하는 작품세계를 만들어 낼 수 있었지.

황순원은 《학》, 《너와 나만의 시간》과 같은 단편소설과 《카인의 후예》, 《나무들 비탈에 서다》와 같은 장편소설 등을 통해 이념의 대립으로, 둘로 갈라진 우리 민족에 대한 작품들을 연이어 발표했어. 특히 전쟁이라는 극한의 상황에서 인간으로서 겪을 수 있는 내적 갈등의 다양한 모습을 치밀하게 묘사하고자 노력한 점이 매우 뛰어나다고 할 수 있지.《학》에서 '성삼'이 포로로 잡힌 어린 시절 친구 '덕재'를 보고 갈등하는 장면,《너와 나만의 시간》에서 '주 대위', '김 일병', '현 중위'가 생존에 대한 본능으로 인해 충돌하는 장면 등은 황순원 소설의 매력을 느끼기에 충분하다고 할 수 있어.

우리에게 잘 알려져 있지는 않지만, 많은 사람이 황순원 소설 중 가장 뛰어난 작품으로《움직이는 성》,《신들의 주사위》라는 두 편의 장편소설을 드는 경우가 있어. 모두 작가가 말년에 집필한 작품인데, 이는 황순원이 작가로서 생이 다하는 순간까지 끊임없이 발전을 추구했다고 생각할 수 있는 대목이야.

문학평론가 김윤식은 황순원에 대해 이렇게 평가했어. "황순원은 그냥 좋은 작가가 아니라, 매우 훌륭한 작가이다." 훌륭한 작가의 삶과 작품을 통해 우리도 어떠한 상황에서든 포기하지 않고 끊임없이 노력하는 자세를 키워볼 수 있지 않을까?

★ 작가를 느끼고 싶다면?

〈황순원 문학촌 소나기마을〉
경기도 양평군에는 황순원의 문학 정신을 기리기 위해《소나기》의 배경을 현실적 공간으로 재현해 놓은 '소나기마을'이 있어. 소나기 광장을 중심으로 황순원 문학관과 황순원 묘역, 산책을 위한 둘레길이 갖춰져 있어서 가족들이 나들이를 가기에 매우 적합한 곳으로 사랑받고 있지.

특히 황순원 문학관에는 작가의 연대기와 작품 소개, 다양한 체험 공간이 마련되어 있어서 황순원 문학을 느끼기에 최적의 공간이라 할 수 있어. 기회가 된다면 방문해서 소설가 황순원을 입체적으로 느껴보는 것도 좋은 경험이 될 듯해.

라쌤의 P.M.I ◀ Please More Information

• 삼대에 걸친 문장가 집안

황순원의 아들은 〈즐거운 편지〉로 우리에게 잘 알려진 '황동규' 시인이야. 황동규는 고등학교 3학년 때 연상의 여인을 사모하는 내용을 담은 연애시를 발표하면서 세상을 깜짝 놀라게 했어. 그 시가 바로 〈즐거운 편지〉야. 그리고 황동규의 딸 '황시내'는 서울대학교 작곡과를 졸업하고 미국에서 거주하고 있는 작가이자 칼럼리스트이지. 삼대에 걸쳐 뛰어난 문학적 재능을 이어가고 있는 집안이야.

• 절친 원응서와 소나기

 황순원은 번역가 '원응서'와 매우 절친한 사이였어. 자주 만나서 문학에 대한 감상과 의견을 나누곤 했대. 어느 날 황순원이 《소나기》의 집필을 마친 후 원응서에게 원고를 보여주었어. 글을 다 읽은 원응서는 "마지막 네 문장은 하지 않아도 될 말이니 빼는 것이 좋겠다"라고 권유했어. 그렇게, 우리가 알고 있는 《소나기》는 초고●에서 네 문장이 빠진, 현재의 작품이 되었지. 자신의 소중한 작품을 기꺼이 보여주고, 조언을 주고받는 멋진 친구 사이였던 것 같아.

● 아직 다 다듬어지지 않은 상태의 원고를 말해.

사실주의 문학의 개척자

◇◇◇◇◇◇

현진건

"설렁탕을 사다 놓았는데 왜 먹지를 못하니,

왜 먹지를 못하니….

괴상하게도 오늘은 운수가 좋더니만…."

―《운수 좋은 날》

왜 나쁜 예감은 틀리지 않는 걸까?

인력거꾼 '김 첨지'는 오랜만에 맛본 행운으로 기분이 좋아. 그날은 장거리 손님이 많이 있어서 꽤 많은 돈을 벌 수 있었거든. 사실 좋은 기분에도 불안함은 있었어. 오늘은 나가지 말아 달라고 부탁하던 아픈 아내의 말이 계속 떠올랐기 때문이야. 그럼에도, 일을 마친 후 술을 거하게 마시며 시간을 허비하고 말았어. 그러나 김 첨지는 취중에도 아내를 위해 설렁탕을 사는 것을 잊지 않았어. 그렇게 기분 좋게 집으로 향했지만, 결국 집에서 그를 반기는 건 죽은 아내의 차가운 주검●이었지.

현진건의 《운수 좋은 날》은 1920년대 하층민의 삶을 생생하게 전달하고 있는 작품이야. 김 첨지는 거친 언행을 일삼는 다소 무식해 보이는 인물이지만, 속으로는 아내를 무척 사랑하는 인정 넘치는 사람이기도 해. 이러한 부분은 작품을 더욱 실감나게 하는 장치로 사용되었어. 대화나 행동에서 느껴지는 인물의 심리는 단순히 김 첨지에게만 해당되는 것이 아니라, 당대 사회 빈민층이 가지고 있던 삶에 대한 고단함과 아픔을 나타내는 것이었거든.

《운수 좋은 날》이라는 제목은 '반어'의 극치를 보여주지. 반어는 실제와 반대되는 상태를 나타내는 표현 방법이야. 이 책에서처럼 병든 아내에게 설렁탕 한 그릇 제대로 사주지 못하는 사회 빈민층에게 닥친 죽음과 불행을 '운수가 좋다'라고 표현하는 식이지. 김 첨지의 심리상태를 쫓아가면서, 그의 걸음이 닿는 배경을 살피며 글을 읽으면 마치 우리가 1920년대를 사는 듯한 느낌으로 소설에 흠뻑 젖어들 수 있을 거야.

● 죽은 사람의 몸을 이르는 말이야.

독서 길잡이

읽기 대상   중1~고1
읽기 난이도   ★★☆☆☆
읽기 특징   중·고등학교 교과서 및 EBS 교재 수록 작품

소설가이자 독립운동가였던 사나이

· 현진건

일제강점기를 살았던 이들 가운데, 특히 문인들은 자신의 작품이 어떤 방향으로 나아가야 할지 고민을 할 수밖에 없었어. 그러한 고민의 결과 중 양극단에 놓인 두 갈래가 있는데, 바로 '저항문학' 그리고 '친일문학'이야. 우리도 잘 알다시피 최남선 · 이광수 · 김동인 · 서정주와 같은 유명 문인들도 결국 친일의 길을 선택하고 말았어. 현진건의 장편소설 《흑치상지》는 백제가 멸망하고 나라를 되찾기 위해 싸웠던 실존 인물에 대해 다루고 있어. 일제의 언론탄압이 드셌던 1930년대 후반 〈동아일보〉에 연재되었는데, 단 4회 만에 연재가 중단되고 말아. 당시 조선 백성들의 저항의식을 드높이기에 충분한 작품이었기 때문이야. 현진건이라는 사람의 삶의 자세를 잘 보여주는 일화라고 할 수 있지.

현진건은 1900년 8월 9일 대구에서 4형제 중 막내로 태어났어. 셋째 형 '현정건'은 대한민국 임시정부에서 활동한 독립운동가였어. 그는 일본 총영사관 경찰에 체포되어 옥살이를 하다 죽음을 맞이했는데 현정건의 아내, 즉 현진건의 형수도 남편의 죽음을 슬퍼하며 스스로 목숨을 끊고 말았어. 이러한 비극적인 집안 상황으로 현진건에게 일본은 그야말로 증오의 대상이었어.

현진건은 어린 시절 유복한 환경에서 자랐어. 그는 일찌감치 혼인한 후 학업을 이어나가다가 일본에서 유학 생활을 하기도 했지. 현진건의 장인은 대구에서 손꼽히는 부자였는데, 인맥이 좋았다고 해. 친분 있던 여러 집안 중 하나가 〈빼앗긴 들에도 봄은 오는가〉의 시인, '이상화'의 집안이었어. 같은 대구 출신이다 보니 현진건은 이상화와 가깝게 지낼 수 있었고, 1917년엔 백기만·이상화 등과 습작 동인지 〈거화〉를 만들어 문예활동을 함께 해나가기도 했어. 현진건이 처음으로 문학에 발을 내디딘 순간이었지.

1920년 기자 생활을 시작한 현진건은 동시에 작가로서의 길도 걷게 돼. 문예지 〈개벽〉에 단편소설 《희생화》를 발표하면서부터야. 《빈처》,《술 권하는 사회》 등의 단편소설을 연이어 발표하면서 문단의 호평을 받았어. 박종화·홍사용·이상화 등과 함께 순문학 동인지 〈백조〉에서 활동했는데, 문학적 수준이 높은 이들과 함께하며 작가로서의 위치를 더욱 확고히 할 수 있는 계기가 되었지. 문학적 역량이 무르익으면서 그에게 새로운 능력(?)도 생겼는데, 다름 아닌 '술'이었어. 서울로 거처를 옮긴 후 문인, 언론인들과 만남이 늘었고, 덕분에 점점 주량도 늘어갔던 거야. 박종화 시인은 많은 작가 중에서도 염상섭과 현진건이 제일가는 '애주가'였다고 말하기도 했어. 그러나 현진건의 주량이 느는 것은 단순히 술을 좋아해서가 아니었어. 일제 치하를 살아가는 지식인의 고뇌도 한몫했던 거지.《술 권하는 사회》는 그런 자신의 암울한 처지를 담아낸 작품이라 할 수 있어.

〈동아일보〉 기자였던 현진건은 1936년 베를린 올림픽 마라톤 경기에서 금메달을 딴 손기정 선수의 소식을 신문에 실었어. 손기정 선수 유니폼에 그려진 일장기를 지워버린 채로 말이야! 이 사건으로 그는 1년간 감옥살이를 하게 돼. 복역 후 소설 쓰기를 이어갔지만, 그 내용은 민족의 저항의식을 이끌어내기 위한 역사소설이 주를 이뤘기에 일제는 늘 그의 글쓰기를 강제로 중단시켰어.

글쓰기도, 기자 일도 맘껏 할 수 없었던 현진건은 생계를 이어나가기 어렵게 되었고, 친구의 유혹에 넘어가 투기를 했다가 전 재산을 날리고 말아. 이후 계속 생활고에 시달리게 되지. 삶에 지쳐버린 그는 결국 1943년 4월 25일, 영원한 휴식을 맞이하게 돼. '허공에 의지한다'라는 의미인 자신의 아호 '빙허'처럼, 화장된 그의 육신은 어디론가 훨훨 날아가 버리고 말았어.

《빈처》

　1921년 〈개벽〉에 발표된《빈처》는 현진건을 '인정받는 작가'가 될 수 있게 만들어준, 어쩌면 실질적인 데뷔작이라고 할 수 있어. '빈처'는 '가난한 아내'라는 의미인데, 경제 능력이 없는 소설가인 '나'가 아내와 처형을 관찰하며 이에 대한 심경을 털어놓는 내용이야. '나'의 친구인 T가 찾아와 자신의 아내에게 줄 양산을 샀다며 자랑을 하는데, 가난한 생활 중에도 남편에 대한 사랑으로 버텨오던 아내의 마음이 흔들리게 되지. 그런 모습을 보며 '나' 역시 아내에 대한 미안함을 가져야만 했어. 아내의 언니인 '나'의 처형은 부자 남편을 만나 부유하게 살고 있었거든. 장인의 생일잔치가 있던 날, 화려하게 차려입은 처형과 초라한 행색의 아내를 보며 괴로워하던 '나'는 처형의 눈이 시퍼렇게 멍든 걸 알게 돼. 집에 돌아와서 아내는 '없더라도 의좋게 지내는 것이 행복이다'라는 말을 '나'에게 건네지.

　소설 속 '나'는 현진건 자신이 투영된 모습임과 동시에, 당대를 살아가던 지식인들의 모습이기도 했어. 현실과 이상세계의 괴리가 주는 고통 속에 살았던 일제강점기의 지식인들은 늘 갈등과 고뇌 속에 살아야만 했을 거야. 그리고 정답이 없는 그 고뇌는 그들을 무기력하게 만들었겠지.

《B사감과 러브레터》

B사감은 남성기피증 환자로, 여학교 기숙사 사감이야. 소설에서 그려진 B사감에 대한 외양묘사는 그의 성격까지 담아내고 있다고 말할 수 있을 정도로 매우 섬세하게 표현되었어. B사감은 기숙사 여학생들에게 오는 남학생들의 러브레터를 굉장히 싫어했는데, 편지를 받은 학생은 B사감에게 끌려가 온갖 꾸지람을 들어야 했을 정도였어. 심지어 면회 오는 남학생들을 아무 이유 없이 돌려보내는 일도 있었지. 그런데 언제부터인가 기숙사에서 밤마다 이상한 소리가 들리기 시작해. 깔깔대는 웃음, 사랑을 속삭이는 듯한 말 소리가 온 기숙사에 퍼지기 시작한 거야. 이상한 소리의 근원지는 B사감의 방이었지. 그것은 B사감이 학생들에게 온 러브레터를 읽으며 흉내를 내는 소리였던 거야.

《B사감과 러브레터》는 1925년 〈조선문단〉●에 발표된 작품으로, 사실주의 경향에 덧붙여 풍자적인 요소까지 함께 담아냈어. 인간이 가지고 있는 이중적이고 위선적인 성향을 'B사감'이라는 인물을 통해 매우 예리하게 드러내고 있지.

● 1924년 소설가 이광수가 〈조선문단〉 사에서 창간한 문예지를 말해.

★ 작가의 세계관이 궁금해!

　현진건에 대해 우리나라 문학사에서 이야기할 때 빠지지 않는 부분이 있어. 그것은 바로 '사실주의 문학의 뼈대를 만들었다'라는 것이지. 현진건은 염상섭과 더불어 우리 문학사에 사실주의가 자리 잡을 수 있도록 크게 기여했어. 현진건은 '무엇을 쓸 것인가'에 대한 고민보다 '어떻게 쓸 것인가'에 대한 고민을 더욱 깊이 있게 이어나갔다고 할 수 있어. 눈에 보이는 있는 그대로의 모습을 묘사하는 것도 중요하겠지만, 그 안에서 인물이 가지고 있는 심리적인 태도도 함께 그려낼 수 있어야 하거든. 그의 소설은 이러한 측면이 매우 뛰어나다고 할 수 있지.

　현진건의 사실주의가 조금 더 본격화된 작품은 1923년 발표된 《할머니의 죽음》이라는 단편소설이야. 이 작품은 노환으로 쓰러진 할머니의 죽음을 지켜보던 가족들이 겪는 심리적 변화를 매우 미세한 부분까지 섬세하게 그려내고 있어. 《빈처》나 《술 권하는 사회》에서 다뤄진 사실주의적 측면은 주로 작가의 자전적인 경험을 토대로 한 일제 치하의 부정적인 사회 모습을 담아낸 것이라 할 수 있어. 반면, 《할머니의 죽음》은 1인칭 화자인 '나'가 등장하지만 최대한 관찰자의 입장에서만 서술하고 있어. '나'에 의해 가족들이 가지고 있는 이기심이 드러나고, 이와 대비되는 할머니의 '생에 대한 의지'가 충돌하면서 작품을 읽는 재미를 더욱 증폭시키지.

이후 발표된 《운수 좋은 날》, 《불》, 《B사감과 러브레터》, 《고향》과 같은 작품들은 현진건의 사실주의를 한층 더 발전된 모습으로 보여준다고 할 수 있어. 현진건은 이전까지 시각적인 한계를 보여주었어. 식민지라는 세상에서 느끼는 고통을 자기 위주로만 생각해왔던 거야. 그러나 다양한 소설을 쓰면서 지식인의 고뇌나 방황을 다루던 이전 작품들과는 달리 '인력거꾼', '농촌사회의 여성' 등을 등장시키며 개인에 머물던 시선을 사회 전체로 확장했지.

이러한 현진건의 변화는 진정한 사실주의 문학이 추구해야 할 방향성을 제시해준 것과 다름없어. 하층민의 다양한 삶을 그려내는 과정이, 작가가 더욱더 당대 사회를 충실하게 보여주는 방법이 된 거라고 할 수 있지. 바로 이러한 점이 현진건을 '사실주의 문학의 개척자'라고 부르는 이유이지 않을까?

★ 작가를 느끼고 싶다면?

〈대구문학관〉

〈빼앗긴 들에도 봄은 오는가〉를 쓴 '이상화'와 〈봄은 고양이로다〉의 작가 '이장희' 그리고 많은 수식어가 필요 없는 시인 '이육사'까지, 우리에게 잘 알려진 문인 가운데 대구 출신이 많아. 현진건도 대구가 고향이고, 이곳을 배경으로 한 작품도 집필했어. 대구문학관은 이러한 대구 출신 문인들을 소개하고, 다양한 문학적 체험이 가능한 곳이야. 대구 여행의 필수 코스로 추천할게!

 라쌤의 P.M.I (Please More Information)

• 현진건과 이상화

현진건은 이상화를 알게 되면서 문학적 교류를 끊임없이 이어나갔어. 둘은 친구로 그리고 문학적 동반자로 함께 암울한 일제강점기를 버텼지. 청년 시절을 함께 보내며 정을 쌓았고, 함께 동인 활동도 했어. 현진건의 형 현정건은 대한민국 임시정부에서 활동한 독립운동가이고, 이상화의 형 이상정은 중국군 장군으로 임시정부에 크게 기여한 인물이었다는 공통점도 있지.

둘의 인연은 정말 오랜 시간 지속되었는데, 많은 이들이 깜짝 놀랐던 건 그들이 세상을 떠나는 순간이었어. 현진건이 폐결핵으로 서울에서 숨을 거두던 날, 이상화는 위암으로 대구에서 눈을 감았던 거야. 말년의 고생을 서로 위로하고 싶었던 걸까? 현진건과 이상화는 한날 생을 마감하며 남은 이들을 더욱 슬프게 만들었어.

사실주의 문학의 계승자

◇◇◇◇◇◇

김소진

"저 복도는 이미 단순한 복도가 아니라
삼팔선 바로 그것이었다. 아, 이를 어쩐단 말이냐.
그때 아버지는 자신의 두 눈을 의심했다.
차오르는 숨을 가누지 못해 고개를 쳐든 아버지의 눈동자에는
퀀셋 들보 위를 살금살금 걸어가는
희끄무레한 물체가 들어왔다.
폭동의 와중에서 우연히 아버지를 깨우는 바람에
목숨을 건지게 해준 그 흰쥐가 꼬랑지를 살랑살랑 흔들며
이남 쪽으로 걸음을 떼고 있었다."

—《쥐잡기》

우리 민족이 가진 아픔의 역사는 여전한 것이 아닐까?

김소진의 단편소설 《쥐잡기》는 전쟁 포로 출신의 아버지와 억척스러운 어머니를 둔 '민홍'의 솔직한 이야기야. 대학생 민홍은 '데모'를 하다 다친 후 집에 머물고 있어. 가게를 망쳐놓는 쥐 때문에 엄청난 스트레스를 받고 있지. 그런데 희한하게도, 쥐를 볼 때마다 떠오르는 건 돌아가신 아버지의 모습이야. 아버지는 늘 쥐를 잡기 위해 온갖 방법을 동원하곤 했거든. 한국전쟁 당시 포로수용소에 수감된 경험이 있는 아버지는 당시 상황을 아들 민홍에게 이야기해주었어. 휴전 협정과 맞물려 아버지는 이북以北과 이남以南 중 하나를 선택할 수 있게 되었어. 고향인 이북으로 향할 것인지, 새로운 세상인 이남에서 살아갈 것인지…. 아버지는 고뇌에 휩싸여 있었어. 그때, 흰쥐가 꼬리를 흔들거리며 이남 쪽으로 향하는 모습을 보고 아버지는 결국 남쪽을 선택하게 돼.

북쪽에 두고 온 가족들에 대한 죄책감으로 무기력하게 살던 아버지는 언젠가부터 쥐를 잡아 잔인하게 죽이기 시작했어. 쥐에 대한 증오심과 자신의 삶에 대한 한恨이 서려 있는 행위였을 거야. 아버지가 돌아가신 후 민홍은 어느 순간 자신도 모르게 아버지가 했던 행위인 '쥐잡기'를 반복하고 있음을 깨닫게 돼. 어쩌면 아버지가 느꼈던 아픔에 대해 충분히 공감할 수 있게 된 것인지도 모르지.

김소진의 《쥐잡기》를 흔히 최인훈의 《광장》과 비교하곤 해. 《쥐잡기》의 '아버지'와 《광장》 '이명준'의 삶에는 비슷하면서도 뚜렷이 구분되는 지점들이 존재하거든. 주제 의식의 차이까지 생각하면서 두 작품을 함께 읽어보면 좋을 것 같아. 남과 북으로 나뉜 우리의 상황으로 인해 어디선가 아픔을 곱씹고 있을 이들을 떠올리면서 말이야.

독서 길잡이

읽기 대상　　중1~고1

읽기 난이도　★★★☆☆

읽기 특징　　EBS 교재 수록 및 고등학교 모의고사 출제 작품

★ 이 문장의 주인은?

1990년대 최고의 리얼리스트

· 김소진

　김소진은 1963년 강원도 철원군에서 실향민●이었던 아버지 김응수와 어머니 김영혜의 막내아들로 태어났어. 철원에서 장사를 하던 부모님은 그가 다섯 살 때 미아리 산동네로 이사를 했는데, 그때부터 이곳은 김소진 삶의 주된 무대가 돼. 더불어 김소진의 여러 작품 속 배경이 되기도 하지.

　미아국민학교(초등학교) 시절, 어려운 형편으로 인해 김소진은 '인민군'이라는 별명을 얻었어. 늘 허름한 옷을 입고 다녔는데, 그것이 마치 인민군 복장 같았다는 거였지. 또한 육성회비를 내지 못해

● 고향을 떠난 뒤 본인의 의사와는 상관없이 다시 돌아갈 수 없게 된 사람을 뜻해. 최근 국제적으로 대두되는 '난민'의 개념에 포함되지. 우리나라에서는 한국전쟁의 피난민이 이에 해당돼.

담임에게 벌을 받기 일쑤였어. 김소진은 친구들과 동네 하천에서 고물을 주워다 팔기도 했는데, 이때 우연히 마르코 폴로의《동방견문록》을 읽게 돼. 여기서 '동방'은 '유토피아', 그러니까 '가장 이상적인 세계'를 의미하는데 김소진은 어쩌면 이때부터 비참한 삶에서 벗어난 '새로운 세계'를 추구하게 되었는지도 몰라.

김소진은 아버지에 대한 부정적인 감정을 가지고 살았어. 우연히 아버지가 이북에 다른 아내를 두고 내려왔다는 사실을 알게 되었는데, 이는 어린 김소진에게 큰 충격으로 다가왔지. 아버지는 경제적으로도 무능력한 사람이었고, 그런 모습이 김소진에게는 '재앙'으로까지 느껴졌어. 학교에 찾아온 아버지를 자기 아버지가 아니라고 이야기했던 어린 시절을 떠올리며, 김소진은 스스로 '예수 그리스도를 부정한 베드로'라고 비유하기도 했을 정도이니 말이야. 김소진은 아버지가 '이산가족찾기' 방송을 보며 눈물을 훔치는 장면을 보고서야, 아버지에 대한 증오심이 연민으로 바뀌었다고 해. '아, 저 사람도 나름의 아픔이 있는 존재였구나'라는 사실을 깨닫게 된 거지.

보성중학교, 서라벌고등학교를 거치며 김소진은 늘 모범생으로 인정받았어. 이때까지 문학과는 인연이 없었지만, 서울대 인문대에 입학한 후 대학생 필독서를 읽으면서 비로소 세상과 문학에 눈을 뜨게 되었어. 이전까지 주입식으로 배웠던 세계와는 다른, 있는 그대로의 현실을 문학을 통해 알게 됐던 거야. 1980년대 당시 대한민국 사회를 지배하던 분위기는 '억압'과 '부당함'이었어. 김소진은 황석영의《돼지꿈》이라는 작품을 본 후 작가의 길을 걷기로 다짐하지.

서울대학교를 졸업하고 1990년 〈한겨레〉 신문사에 입사해 기자로 활동하던 그는 1991년 〈경향신문〉 신춘문예에《쥐잡기》가 당선되면서 본격적으로 글을 쓰기 시작해. 당시 그에 대한 문단의 평가 중 '1990년대 문단의 주류에서 벗어난 작품'이라는 평이 있었어. 그의 작품은 한국전쟁이라는, 그가 활동하던 1990년대에는 다소 '유행이 지난' 소재를 다룬다는 느낌, 토속어나 순우리말의 사용 역시 '오래된 소설'의 느낌을 주기도 했어.

하지만 머지않아 이러한 특징들은 김소진만의 새로운 문학세계임을 인정받게 되지. 이러한 이유로 김소진은 한국 사실주의 문학의 전통을 계승한 작가라는 평가를 받은 거야. 이후《열린사회와 그 적들》,《장석조네 사람들》,《고아떤 뺑덕어멈》그리고《자전거 도둑》과 같은 작품들을 연이어 발표하면서 문단의 주목을 받았지. '오늘의 젊은 예술가상'을 수상했고, 〈한국문학〉 지의 편집위원으로 위촉되기도 했어.

결혼 후 아들까지 두었던 김소진은 1997년 위암 판정을 받았는데, 한 달여 간 투병 생활을 하다 결국 세상을 등지고 말았어. 그의 나이 만 34세에 불과했지. 그를 사랑하는 모든 사람을 두고 떠나기엔 분명, 너무도 이른 나이였어. 세상을 떠난 지 20년이 넘었지만,

여전히 동료 문인들은 김소진의 죽음을 슬퍼하며 그를 기억하기 위해 애쓰고 있어.

★ 친구들에게 이 책을 추천해!

《자전거 도둑》

김소진의 《자전거 도둑》은 같은 이름의 이탈리아 영화를 매개로 하여 전개되는 이야기야. '나'와 '서미혜'는 어린 시절의 아픈 경험을 가진 인물들이야. 영화 〈자전거 도둑〉이 그들의 이야기를 하나로 연결해주는 역할을 하고 있지.

'나'의 경험은 아버지와 관련 있어. '나'는 구멍가게를 하던 아버지를 도와 도매상으로 물건을 떼러 함께 다녀. 계산 착오가 분명 있었으나 구멍가게 주인 '혹부리 영감'은 이를 인정하지 않지. 아버지는 이후 혹부리 영감 몰래 소주 두 병을 더 챙겼는데, 영감이 이를 눈치채버리고 말아. 그리고 '나'는 아버지가 아닌 자신이 일부러 그랬다고 말해. 아버지 대신 희생양이 되기를 자처한 거야. '나'는 혹부리 영감 가게가 문을 닫았을 때 몰래 가게에 들어가서 오물을 뿌리고는, 온 가게를 쑥대밭으로 만들어버려. 결국 가게는 망하게 되고, 혹부리 영감은 이에 대한 충격으로 세상을 떠나지. 이 사건은 오랫동안 '나'에게 어두운 기억으로 자리 잡게 돼. 이와 닮은 듯 다른 유년기의 기억이 '서미혜'에게도 있었어. 어린 시절 뇌전증(간질)을 앓고 있던 오빠에게 상처를 줬던 기억이야. 오빠의 식사를 챙겨주지 않아 간접 살인을 하게 된 것이지.

둘은 서로의 상처를 안아주지 못해. 어린 시절의 상처는 그만큼으로 머무는 것이 아니라, 세월이 흐르고 성장하면서 점점 더 커지기 때문이었을 거야. 등장인물의 유년 시절 경험을 따라가며 각자의 심리가 변해가는 과정을 추적해보면 더욱 작품의 이해가 쉽고, 그들의 아픔에 공감할 수 있을 거야.

《목마른 뿌리》

《목마른 뿌리》는 남과 북이 통일되었다는 가정으로 쓰인 작품이야. 가상세계를 그려놓은 것이지. 아버지가 북쪽에 두고 온 아들인 이복형 '김태섭'과 남쪽에서 살아 온 이복동생 '나'(김호영)의 만남이 이야기의 중심을 이루고 있어.

살아 계실 때 아버지는 '나'에게 증오의 대상이었어. 늘 이북에 두고 온 가족을 그리워하는 모습을 보며 아버지를 미워할 수밖에 없었지. 그런데 북에서 온 이복형도 비슷한 이야기를 해. 아버지가 떠나는 바람에 반동 계층으로 몰려 온갖 고초를 겪어야 했던 거지. 형제는 낯설기 때문에 갈등을 겪지만 결국 하나의 핏줄이라는 '혈연

의식'으로 서로를 이해하고 보듬게 돼. 어찌 보면 통일의 방향성을
제시해 준 작품이라고도 할 수 있어.

★ 작가의 세계관이 궁금해!

  김소진의 문학세계는 크게 세 갈래로 나누어 생각해 볼 수 있어.
첫 번째는 김소진의 '자전적' 이야기들이야. 무능력한 아버지에 대
한 증오심을 가졌던 김소진은 자신의 글쓰기로 아버지와의 화해를
이루고자 애썼어. 아버지의 구멍가게를 배경으로 집필한《쥐잡기》
가 그 대표적인 예라고 할 수 있어. 아버지와 자신의 삶을 바탕으로
글을 쓰다 보니, 자연스레 '리얼리즘', 즉 굉장히 사실적이고 누구나
공감할 수 있는 이야기로 연결되지.《개흘레꾼》,《자전거 도둑》과
같은 작품들을 통해 이러한 '김소진식 리얼리즘'을 맛볼 수 있어.
김소진은 대학 4학년 때 휴학을 하고 18개월의 방위병^{防衛兵} 생활을
하는데, 이때《새우리말큰사전》을 읽으면서 우리말 어휘와 속담 등
을 정리하고, 다 외워버렸다고 해! 그렇게 습득한 어휘들은 김소진
소설의 중요한 밑거름이 되었음은 물론이야. 속담이나 비유적인 표
현을 쓸 때 매우 실감나는 문장들을 사용할 수 있었고, 이는 작품의
수준을 끌어올리는 데 크게 이바지했다고 할 수 있어.

두 번째로는 미아리 사람들, 즉 '민중에 대한 관심'을 이야기해 볼까 해. 김소진의 한 친구는 "김소진이 미아리를 쓴 것이 아니라, 미아리가 그의 손을 빌려 스스로를 쓴 것이다"라고 이야기한 적이 있을 정도로, 김소진의 '미아리 산동네'에 대한 애정이 컸어. 미아리는 한국전쟁 이후 피란민들이 모여 살던 동네였어. 또한 1970년대 이후 서울의 개발사업으로 인해 도심에서 밀려난 이들이 찾아온 동네이기도 했지. 그는 변두리 동네에서 살아가는 '변두리 인생'에 대한 글을 썼어. 실제로 자신의 글에서 미아리 사람들에 대한 감상을 이렇게 소개하기도 했어.

> 그러나 그들만큼 내게 잘 대해준 사람을 찾기란 아마 쉽지 않을 성싶다. 그중에서 얼금뱅이 상호형은 내 이마의 종기를 정성껏 치료해주었고, 병호형 같은 이는 딴 동네 아이들의 주먹질에서 나를 보호해주는 울타리 노릇을 했다.

가난에 찌들어 살아야 했던 '미아리'라는 공간은 김소진에게 아픔이자 상처였겠지만, 동시에 자신의 문학세계를 열어준 '인생의 선생님' 역할을 해준 장소이기도 했을 거야. 그러다 보니 온갖 감정이 복잡하게 얽힌 애증의 대상이 되었겠지. 김소진의 장편소설 《장석조네 사람들》은 한 지붕 아래 아홉 가구가 모여 사는 모습을 그리고 있는데, 서울 성북구 길음동 산동네 풍경과 가난 속에서도 인간다움을 잃지 않는 사람들의 이야기를 진솔하게 묘사하고 있어. 시대 상황에 대한 고발을 한다기보다는 그 시대 상황을 있는 그대로 담아내고자 애썼다는 느낌을 받을 수 있을 거야.

마지막으로 《처용단장》, 《혁명기념일》, 《울프강의 세월》과 같은 작품에서는 군사정권 시대에서 격렬히 저항하고자 했던 지식인의 삶에 대해 다루었어. 1980년대 격변의 세월을 살아냈던 지식인들이 현실에 부딪히며 삶에 집착하는 과정, 그 과정에서 그들이 경험하는 갈등을 치밀하게 묘사하고 있지.

6년이라는 짧은 시간 동안 활동했지만, 분명 자신만의 확고하고 뚜렷한 작품세계를 완성해낸 김소진. 그가 살아있었다면 작품세계는 훨씬 더 방대하게 뻗어나가고, 깊이 있게 뿌리 내렸을 거야. 그의 문학세계를 여전히 많은 문인이 조명하고자 애쓰는 것만 봐도 확신할 수 있는 부분이야.

★ 작가를 느끼고 싶다면?

〈소진의 기억〉

김소진이란 작가를 더 알기 위해 할 수 있는 일은 사실 그리 많지 않아. 그는 요절한 작가이고, 그리 길지 않은 작품활동을 했었기에 아직까지 따로 문학관이 조성되어 있지도 않거든. 그런데 그를 잊지 못한 30여 명의 문인이 2007년《소진의 기억》이라는 책을 출간한 바 있어. 그가 떠난 지 10년이 되던 해에 동료와 선후배 문인들이 쓴 30편의 글을 모아 책으로 만든 거야. 그에 대해 너무도 잘 알고 있던 사람들이지. 그들은 김소진이라는 사람을 고스란히 책 속에 녹여내고자 애썼어. 김소진의 소설을 읽고, 이 책을 읽으면 마치 김소진이 살아 있는 듯한 느낌을 받을 수 있을 거야. 그의 작품들을 감상하는 데에도 분명 길잡이 노릇을 할 거야.

 라쌤의 P.M.I (Please More Information)

• 소진로

김소진은 한동안 일산에서 거주했는데, 일산에는 그의 이름을 딴 '소진로'라는 길이 있어. 놀랍게도 이 길은 그냥 보통의 길이 아닌, 자전거 도로야. 경의선 백마역에서 일산역에 이르는 4킬로미터 구간인데, 평소 김소진이 자주 산책하던 길이었다고 해. 《자전거 도둑》의 작가 김소진을 기억하기 위한 자전거 도로인 소진로! 그는 정말 사랑받는 작가임이 분명해. 그를 기억하고자 하는 이들이 이토록 많다는 것만 봐도 알 수 있지.

중학생의
인생문장

한국 단편문학의 완성자

◇◇◇◇◇◇

이태준

"돈놀이처럼 변리만 생각허구

제 조상들과 그 땅과 어떤 인연이란 건 도무지 생각지 않구

헌신짝 버리듯 하는 사람들,

다 내 눈엔 괴이한 사람들루밖엔 뵈지 않드라."

—《돌다리》

너의 세상에서는 무엇이 가장 중요하니?

돈보다 더 소중한 것들이 있음을 일깨워주는, 이태준의 단편소설《돌다리》에는 우리가 진정으로 가치를 두어야 할 것이 무엇인지 고민하게 하는 힘이 있어.

의사의 잘못된 진단으로 일찍 세상을 떠난 누이 '창옥'을 그리워하며, '창섭'은 의학을 공부하기 시작했어. 세월이 흘러 서울에서도 유명한 맹장 수술 전문의가 된 창섭은 그 권위에 맞는 새로운 병원을 열기 위해 큰돈이 필요했지. 아버지의 땅을 팔아 부족한 금액을 채우면 된다고 생각한 창섭은 고향을 찾게 돼. 아버지의 땅을 팔면 새로 지을 자신의 병원에 금전적으로 큰 도움이 될 것이고, 이참에 자신의 가족과 아버지가 함께 살게 되면 매일 같이 손주들을 보며 지낼 수 있으며, 관리해야 할 땅이 없으면 지금보다 훨씬 편한 삶을 살 수 있을 거라고 아버지를 설득하는 창섭. '신식교육'을 받은 그에게는 실리주의가 무엇보다 중요했지.

그러나 근검 정신으로 평생을 살아 온 아버지는 단호했어. 절대 땅을 팔지 않겠다는 자신의 신념을 창섭에게 전한 거야. 조상으로부터 먹고살 만한 정도로 토지를 물려받았는데 더는 욕심을 부려서는 안 된다는 이야기와 함께 땅의 가치를 진정으로 아는 이에게 그 땅을 소유할 수 있게 해주겠다는 아버지의 말은 물질적 가치만이 중시되는 요즘, 한 번쯤 되새겨봐야 할 메시지라는 생각이 들어.

우리가 딛고 살아갈 땅 위에 '돈'이라는 가치보다 훨씬 더 중요한 것들이 많음을 기억하길 바라며, 너희에게 또 다른 인생 문장을 소개할게.

 독서 길잡이

읽기 대상   중1~고1
읽기 난이도   ★★★☆☆
읽기 특징   중·고등학교 교과서 및 수능특강 수록 작품

★ 이 문장의 주인은?

치열한 작가정신으로 언어예술을 창조한 문장가
· 이태준

　상허 이태준은 1904년 강원도 철원에서 태어났어. 어린 나이에 아버지와 어머니를 모두 여의고 고아가 된 이태준은 생계를 위해 친척 집을 전전해야만 했지. 경제적인 어려움으로 학비를 제대로 내지 못해 학업을 포기하는 일도 있었어. 중학교 졸업 후 배재학당에 합격했지만, 등록금이 없어 다니지 못했던 거야. 그럼에도 낮에는 일을 하고 밤에는 야학에서 공부를 하며 학업에 대한 열정을 이어나갔어. 말 그대로, 주경야독晝耕夜讀이었어.

　우여곡절 끝에 휘문고보(현재 휘문고등학교)에 입학했는데, 이때도 역시 등록금이 문제였지. 그래서 그는 교내 청소를 하며 학비를 면제받고, 가지고 있던 책을 팔아 수업료를 메꿔나갔어. 어려운 상황에서도 이태준은 톨스토이, 괴테와 같은 작가들의 고전을 꾸준히 읽었고, 자신의 글을 학교 교지에 싣는 등 문학적 재능을 계속해서 키워나갔어.

3년 정도 지났을 때, 이태준은 학교의 비교육적 행태를 비판하다 결국 퇴교당하고 말아. 다행히 친구의 도움을 받아 일본 유학길에 오를 수 있었지만, 여전히 가난은 그의 발목을 잡았지. 그의 나이 스물한 살 때의 일이야. 일본으로 유학 가서도 각종 배달일, 막노동 등을 하며 겨우겨우 생계를 유지해나갔어. 그러나 그는 어렵게 들어간 일본 조치대학을 끝까지 다니지 못하고 중퇴하여 귀국한 이후에도 한동안 궁핍한 생활을 이어나가야 했어.

취업난에 시달리다 간신히 〈개벽〉이라는 신문사에 취직한 다음에야, 생활이 안정되면서 활발한 작품활동을 시작할 수 있었지. 이 무렵 그는 성북동으로 거처를 옮기게 되었는데, 이때 간송 전형필, 서예가 오세창 등과 어울리며 문학적 자질은 물론 예술가적 면모도 갖추게 되었어. 더불어 정지용 · 이효석 · 김기림 등과 '구인회'•라는 문학 단체를 조직하여 자신의 문학적 색채를 뚜렷하게 드러낼 수

● 일제강점기 순수문학 단체인 구인회九人會는 1900년 당시 문단의 중견작가라고 할 수 있는 아홉 명의 작가가 모여 만든 문학 친목 단체였어. 회원은 김기림 · 이효석 · 이종명 · 김유영 · 유치진 · 조용만 · 이태준 · 정지용 · 이무영이었는데, 이후 이효석 · 이종명 · 김유영이 탈퇴하고 그 자리에 박태원 · 이상 · 박팔양이 새로 들어오게 돼. 그 뒤 유치진 · 조용만이 나가고 그 자리에 김유정 · 김환태가 들어왔지만, 언제나 회원 수는 '아홉' 명이었다고 해.

●● 1939년 이태준이 주간으로, 민족문학의 계승과 발전을 위해 창간한 문예지를 말해.

있게 되었고, 1939년 문예지《문장》••을 창간하여 우리 민족의 정신문화 유산을 지키고자 노력했어.

1946년 해방 직후 돌연 월북하는 바람에 그의 이름은 한동안 우리 문학사에서 찾아볼 수 없었지. 심지어 그의 이름을 '이○준'과 같은 형식으로 표기했어. 그의 작품을 읽는 건 당연히 생각할 수도 없었다고 해. 이러한 이유로 특정 세대에게 이태준이라는 이름은 굉장히 낯설지도 몰라. 다행히 1988년 납북 작가들에 대한 해금 조치 덕분에 비로소 우리는 '이태준'이라는 이름 석 자를 온전히 느낄 수 있게 되었어. 많은 학자가 그의 작품을 연구하기 시작했고, 지금은 상당한 수준에 이르렀다고 해. 계속해서 그의 연구가 진행될 것이고, 우리에게 더 많은 이태준의 작품이 전해질 거라고 생각해.

북에서도 작가로 활동했던 이태준은 '작가로서의 양심을 버리면서까지 개인을 숭배하는 글은 쓰지 않겠다'라는 신념을 굽히지 않았다고 해. 특정 인물을 찬양하는 글을 쓰도록 강요받았는데, 이를 거부했던 거야. 이러한 이유로 북에서 탄광 노동자로 생활하다 결국 숙청당했다고 전해지고 있어. 비록 지금은 역사 속으로 사라졌지만, 그가 지향했던 진정한 예술적 가치는 많은 이에게 고스란히 전해져 기억되고 있어.

★ 친구들에게 이 책을 추천해!

《복덕방》

1937년 문예지 〈조광〉에 발표된 이태준의 단편소설 《복덕방》은 1930년대 서울 변두리 한 복덕방을 배경으로 하고 있어. 안 초시•・서 참의••・박희완이라는 세 인물이 근대화에 적응하지 못해 좌절하고 무너지는 내용을 그린 작품이야. 안 초시는 무용을 하는 딸, 안경화와 경제적인 문제로 갈등을 겪고 있었어. 그런 속상한 마음을 서 참의, 박희완과 복덕방에서 모여 나누곤 했지. 그러던 어느 날, 서해안의 한 황무지가 개발된다는 정보를 듣게 된 안 초시는 딸에게 기세등등하게 큰소리를 치고 돈을 받아내서 투자를 하게 돼. 하지만 그 정보는 거짓이었고, 사기당한 것을 알게 된 안 초시가 스스로 목숨을 끊는 안타까운 결말을 맞이하게 되지.

작품 속 배경인 1930년대는 우리나라에서 급격한 근대화가 이뤄진 시기였어. 이러한 이유로 세대 간의 갈등이 빈번했을 뿐 아니라, 시대에 적응하지 못해 몰락하는 사람이 많았다고 해. 《복덕방》은 그런 시대 배경을 매우 사실적으로 그려놓았어. 작품을 읽다 보면 분명 당시 상황과 그 시대를 살아가던 사람들을 이해하는 데도

• 초시初試는 예전에 '한문을 좀 아는 유식한 양반'을 높여 이르던 말이야.
•• 참의參議는 일제강점기 조선총독부 자문기관인 중추원에 속한 벼슬을 말해.

큰 도움이 될 거야. 또한 소설 속 세대 갈등은 현재의 세대 갈등과도 묘하게 겹치며, 지금 우리 사회와 사람들을 이해하는 실마리를 제공하지.

《달밤》

《달밤》은 EBS 수능특강, 고등학교 국어 교과서에 자주 실렸던 작품이야. 작가가 살았던 서울 성북구를 주요 배경으로 하고 있으며, '황수건'이라는 인물을 주인공으로 한 1인칭 관찰자 시점의 작품이지. 순박하고 어수룩하면서도 낙천적이고 착한 본성을 지닌 황수건은 생계를 위해 그야말로 안 해본 일이 없는, 매우 부지런한 인물이야. '나'는 황수건에 대한 이야기를 전하는 서술자로, 틈틈이 그의 말동무가 되어 주기도 하고 사업에 실패한 황수건이 새롭게 시작할 수 있도록 경제적 지원을 해주기도 해. 열심히 살고자 하지만 하는 일마다 실패를 겪는 황수건의 모습 그리고 그를 바라보는 '나'의 이야기를 통해 소외된 인물에 대한 따뜻한 연민과 동정을 느낄 수 있을 거야.

★ 작가의 세계관이 궁금해!

　이태준의 문학세계를 이야기할 때 꼭 언급되는 것은 그가 고아로 살았던 경험이야. 여섯 살에 아버지, 아홉 살에는 어머니를 여의고, 생활에 큰 어려움을 겪어야 했지. 가난과 고독감이 늘 그의 주위를 감싸고 있었어. 이태준이 체험했던 삶의 아픔은 작품에 고스란히 녹아들었다고 할 수 있어. 문학이 삶의 위기에 빠져있던 그를 구해준 셈이었지. 일본 유학에서 돌아와 노숙자 생활까지 했던 이태준은 신문사에 글을 연재한 이후부터 비로소 경제적 안정과 작가로서의 행복을 느낄 수 있게 되었어. 가난한 민중들의 애환, 소외된 이들의 아픔을 고스란히 담아낸 그의 작품이 많은 이의 주목과 사랑을 받았던 거야. 잘 알려지진 않았지만 장편소설《사상의 월야》, 단편소설《고향》등은 당시 꾸준히 신문에 연재된 작품들이야.

　1920년대 중반부터 이기영 · 조명희 · 김남천과 같은 작가들은 '카프문학'이라는, 사회주의적 경향이 짙은 작품들을 내놓았어. 문학을 통해 노동자들의 계급의식을 고취하고자 하는 다소 정치적 목적이 강한 소설이 많았는데, 이에 반해 이태준으로 대표되는 '구인회'는 시대적 상황과 무관하게 '문학은 그 자체로서 존재해야 한다'라고 주장했어. 카프문학이 작품에서 다루는 이야기 하나하나에 주목했다면, 이태준은 장면 묘사나 인물의 성격 창조 등과 같은 것들에 더 큰 가치를 두었다고 할 수 있지. 이러한 문학적 경향을 '순수문학'이라고 해. 이태준과 구인회 멤버들은 〈문장〉이라는 문예지를 통해 이 순수문학에 대한 목소리를 낼 수 있었어. 특히 이태준은 〈문장〉 지에 《문장강화》라는 글쓰기 강의를 연재했는데, 지금까지도 많은 문인의 작문 교재로 사용되고 있을 만큼 독창성과 완성도가 뛰어난 작품이야. 이태준은 후대에도 '대체불가'로 뛰어난 역량을 인정받고 있어. 이태준과 구인회가 주장한 순수문학은 당시 많은 문인의 지지를 받았고, 덕분에 우리에게도 익숙한 조지훈 · 박목월 · 박두진과 같은 작가들이 〈문장〉 지를 통해 등단하기도 했어.

'조선의 모파상', '시는 정지용, 문장은 이태준', '이태준은 한국 단편문학의 완성자' 등 작가 이태준을 설명하는 수식은 매우 화려해. 그는 집필 과정에서 섬세하고 치밀하게 작업을 이어나갔던 노력으로 소설의 완성도를 높이며 우리나라 근대문학의 손꼽히는 명문장가로 인정받게 된 것이 아닐까?

그런데 참 아이러니한 일이야. 순수문학을 이끌던 이태준이, 해방 이후 카프문학 작가들과 어울리며 1946년에 결국 월북이라는 선택을 했으니 말이야. 그의 월북에 대해서는 다양한 견해가 존재하기에 확언할 수는 없어. 그러나 중요한 건 월북작가라는 이유만으로 그의 문학세계를 매도할 필요는 없다는 점 그리고 우리 문학사에서 그가 차지하는 영향력은 상상 이상으로 크다는 점이야.

★ 작가를 느끼고 싶다면?

〈철원 이태준 거리〉

　강원도 철원군에는 '사문안천'이라는 곳이 있어. 이 사문안천을 중심으로 '이태준 거리'가 조성되어 있지. 단편소설 《돌다리》는 물론, 이태준의 다른 작품 중 《무연》, 《촌뜨기》 속 인물들의 청동조형물이 만들어져 있어. 거리 곳곳에서 이태준과 관련한 흔적들을 발견할 수 있기에 작품을 읽은 다음 찾아간다면 깊은 인상을 받을 수 있을 거야. 철원에는 이태준과 관련된 관광지 외에도 한국전쟁에 대한 다양한 유적과 생태숲 길이 잘 조성되어 있어서 여유를 즐기며 여행하기 좋은 곳이야.

〈수연산방〉

　'여러 사람이 모여 산속의 집에서 책 읽고 공부하는 곳'이라는 의미를 지닌 수연산방壽硯山房은 서울시 성북구에 위치한 이태준의 고택이야. 월북 전까지 그가 글을 쓴 수연산방은 서울특별시 민속자료 제11호이기도 해. 이태준은 1933년부터 이곳에 정착해 활발한 집필활동을 했다고 하는데, 《달밤》을 비롯한 소설은 물론, 무수히 많은 수필도 바로 이곳에서 쓰였어. 지금은 이태준의 외증손녀께서 전통 찻집으로 운영하고 있어서, 이태준을 좀 더 가깝게 느끼고 싶은 누구라도 편안하게 방문할 수 있어.

성북동 수연산방 근처에는 시인 '백석'과 '자야'의 아름다운 사랑 이야기가 담긴 길상사, 너무도 유명한 김광섭의 시 〈성북동 비둘기〉의 배경이 된 북정마을 등 함께 가볼 만한 곳이 많아.

 라쌤의 P.M.I ⟨ Please More Information ⟩

• **이태준과 이상**

이태준과 이상은 모두 구인회 멤버로 활동했고, 서로 무척이나 각별한 사이였어. 알다시피 이상은 독특한 실험정신을 기반으로 한 작품을 썼지. 대표적인 작품이 바로 《오감도》라는 시야. 이태준이 학예부장으로 근무하던 〈조선중앙일보〉에 이상의 시가 실렸는데, 신문에 연재된 이상의 시를 본 독자들은 경악을 금치 못했다고 하지. 정신 나간 사람의 장난질이라고 여긴 독자들도 있을 정도였다니 말이야. 자연히 독자들의 항의가 이어졌는데, 신문에 시를 싣기로 결정한 이태준은 결코 흔들리지 않았다고 해.

"시대를 앞서가는 예술가들은 많은 비난을 받곤 하지."

이러한 이태준의 믿음과 뚝심 덕분에 《오감도》는 15편이나 신문에 연재될 수 있었어.

• **이태준과 소牛**

이태준은 동물을 참 좋아했다고 해. 부모를 일찍 여의고 마음 붙일 곳이 없었기에, 홀로 동네를 돌아다니며 동물들과 노는 것을 즐기곤 했대. 그래서인지 이태준의 작품 곳곳에서 동물을 친구나 이웃으로 표현한 대목을 종종 볼 수 있어.

특히 '소'에 대해서 특별한 감정을 지니고 있었던 것 같아. 자전적 소설인 《사상의 월야》에 가난에 시달리다 소여물 속에 있던 콩을 집어먹었다는 장면을 볼 수 있는데, 소가 자신을 구원해준 것처럼 느껴졌다는 내용이 이어지거든. 이태준의 작품 속에 어떤 동물 이야기가 등장하는지 찾아보는 것도 재미있는 경험이 될 거야!

황순원과 함께
한국 현대소설을 떠받치는 기둥

◇◇◇◇◇◇

김동리

"한 걸음, 한 걸음, 이 발을 옮겨 놓을수록

그의 마음은 한결 가벼워지어 멀리 버드나무 사이에서

그의 뒷모양을 바라보고서 있을 어머니의 주막이

그의 시야에서 완전히 사라져갈 무렵 하여서는,

육자배기 가락으로 제법 콧노래까지 흥얼거리며

가고 있는 것이었다."

─《역마》

우린 운명에 얽매여 살아야만 하는 것일까?

《역마》는 1948년에 발표된 김동리의 단편소설로, '화개장터'를 배경으로 인간의 운명과 그에 대응하는 인물들의 모습을 그린 작품이야. '역마살'은 '늘 이리저리 떠돌아다니며 살아야 하는 팔자'라는 의미인데, '역마'라는 말에서 유래했어. 과거에는 교통수단이 발달하지 않아서 '역참'을 만들어놓고 그곳에서 말을 갈아타곤 했거든. 그때 갈아타는 말이 바로 '역마驛馬'야.

《역마》속 주인공 '성기'는 역마살의 운명을 타고난 인물로, 떠돌이 아버지의 역마살을 그대로 물려받았어. 주막을 하는 성기의 어머니 '옥화'는 아들의 역마살을 없애고 싶어 했지. 어느 날 '체 장수 영감'이 딸 '계연'과 옥화네 주막을 찾아오는데, 영감은 딸 계연을 주막에 맡기고 장사를 나서. 홀로 남은 계연을 바라보던 옥화는 계연을 성기와 맺어주면 아들의 역마살이 사라질 거라고 생각하지. 그렇게 성기가 자신의 운명을 극복하고 정착하는 삶을 살길 바랐던 거야. 다행히 계연과 성기도 서로에게 마음을 열고 조금씩 사랑을 키워나가게 돼.

그러던 중 옥화는 자신처럼 계연의 왼쪽 귓바퀴에도 사마귀가 있다는 걸 알게 돼. 체 장수 영감에게 36년 전에 있었던 일을 듣게 되면서, 옥화는 체 장수 영감이 자신의 아버지이며 계연은 이복동생이란 것을 확신하지. 이는 곧, 계연과 성기가 이모와 조카 사이라는 의미였어.

체 장수 부녀가 떠나고 성기는 상사병에 앓아누워버리고 말아. 옥화는 결국 아들에게 모든 사실을 밝히게 돼. 성기는 운명으로 인한 아픔, 이별로 인한 아픔을 동시에 겪게 되었지. 그는 어떤 선택을 했을까? 운명을 거스르며 사랑을 택했을까? 아니면 떠돌이의 삶을 받아들이게 될까?

독서 길잡이

읽기 대상   중3~고2

읽기 난이도   ★★☆☆☆

읽기 특징   중·고등학교 교과서 및 EBS 교재 수록 작품

★ 이 문장의 주인은?

지극히 인간적인, 지극히 한국적인 작가

· 김동리

　김동리는 1913년 경주에서 5남매 중 막내로 태어났어. 본명은 '시종'이고, '동리'는 아호였어. 충무공 이순신의 '충무'나 퇴계 이황의 '퇴계'처럼 호나 별호를 높여 부르는 것을 '아호'라고 해. 그래서 '동리 김시종'이라고 부르는 사람들도 있지.

　김동리의 유년기는 그리 행복하진 않았어. 그의 자전적 수필《나를 찾아서》를 보면 "나는 어머니가 나이 마흔두 살에 낳은 막내였다."라는 문장이 있어. 이어지는 이야기를 따라가다 보면 아버지와 어머니에 관한 여러 일화를 확인할 수 있지.

　어머니는 내 나이 일곱 살 적부터 교회에 나가게 되었다. 아버지에 대해 절대복종, 절대무저항밖에 모르던 어머니로선 처음이자 마지막인 일대 저항이자 반격이었던 것이다. 아버지의 유교에 대해서가 아니고, 당신의 심한 음주와 주정에 대한 항거요, 보복이었던 것이다.

김동리의 아버지는 늘 술을 가까이했고, 그럴 때마다 심한 주사●로 어머니를 괴롭혔다고 해. 이런 모습을 보고 자란 김동리는 유년 시절부터 어머니에 대한 안타까움을 늘 지니고 살았지. 어린 시절 단짝이었던 소꿉친구가 폐렴으로 세상을 떠나고, 매우 가까운 사이였던 고종사촌 누이의 죽음까지 목격했던 김동리는 늘 우울감과 외로움을 느끼고 살았어. 그렇게 '혼자'임을 즐기는 아이가 되어갔지. 그리고 그 혼자만의 시간을 채워주었던 건 다름 아닌 '책'이었어. 그에게는 열여섯 살 터울의 형, '범부 김정설'이 있었어. 김정설은 이름이 널리 알려진 뛰어난 사상가였고, 김동리에게 다양한 책을 읽을 수 있게 해주는 것을 물론, 불교나 철학에 대한 풍부한 가르침을 전해주었지. 김동리 스스로 큰형에 대해 '가족이자 스승인 사람'으로 그를 표현하곤 했어.

김동리는 소설이 아닌 시로 먼저 주목받았어. 1934년 〈조선일보〉에 〈백로〉라는 시가 당선되면서 등단했지. 우리에게는 소설가로서

● 주사酒邪는 술을 마신 뒤에 하는 못된 언행을 말해.

만 알려졌지만, 사실 오늘날 그의 시를 연구하는 학자들이 상당수일 정도로 시를 쓰는 능력도 탁월했다고 해. 이듬해인 1935년 〈조선중앙일보〉에 단편소설 《화랑의 후예》가 당선되면서 본격적으로 소설 창작에 발을 들이게 되었어. 이후 그의 대표작 《무녀도》, 《바위》와 같은 작품들을 발표하면서, 스물네 살이라는 젊은 나이에 뛰어난 신예 작가로서 문단의 관심을 한 몸에 받게 되었지.

본격적인 작가 생활을 시작한 후 서정주·오장환 등과 시 전문지 〈시인부락〉•에서 동인으로 활동했고, 해방 후에는 경남 사천에서 서울로 와서 좌익 진영의 '문학가동맹'••에 맞선 '청년문학가협회'•••를 결성하기도 했어. 박목월·서정주·박두진·조지훈 등과 함께 순수문학을 펼치며 '좌익문학'을 외치는 이들과 논쟁을 펼치기도 했지. 친일 단체의 가입 권유를 거부하고, 자신의 작품이 일제의 검열로 삭제되었을 때는 한동안 절필하고 침묵한 적도 있는 강직한 인물이었어.

일제 암흑기와 한국전쟁이라는 인생의 고난을 겪었지만, 김동리는 1995년 81세의 나이로 사망하기 전까지 우리 문학 발전을 위해 쉬지 않고 노력했어. 수백 편의 소설을 집필하면서, 후학양성을 위

• 1936년 서정주가 창간한 문예지, 시 동인지를 말해.

•• 해방 직후 조선문학건설본부와 조선 프롤레타리아 문학동맹이 통합해 결성된 진보적 문학운동 단체를 말해.

••• 1946년 결성된 순수 문인들로만 구성된 문인 단체를 말해.

해 애쓰기도 했지. 박경리나 강신재와 같은 작가들도 그의 가르침으로 꽃을 피운 사람들이야.

★ 친구들에게 이 책을 추천해!

《무녀도》

이 작품은 혈육 간의 비극적 종말을 주제로 한 소설이야. 20세기 초 개화기의 한 시골 마을을 배경으로, 무속 신앙과 외래 종교의 갈등이 작품의 큰 틀을 이루고 있어. 《무녀도》는 '무녀도'라는 그림을 통해 외부 이야기와 내부 이야기로 넘나드는 독특한 구성방식을 보여주고 있어.

내부 이야기에는 무당인 '모화'와 아들 '욱이' 그리고 그림을 그리는 딸 '낭이'의 이야기가 담겨 있어. 10년 가까이 집을 떠났던 욱이가 기독교인이 되어 돌아오면서 무당인 어머니와 모자간의 종교적 갈등이 시작되지. 둘 사이의 다툼이 지속되다가 결국 모화는 욱이의 성경책을 불태우게 되고, 이를 말리던 욱이가 모화의 칼에 찔리면서 죽게 돼. 모화는 아들을 위한 마지막 굿을 하고 자신도 죽음을 맞이하고 말지.

이 작품은 단순히 종교적 갈등이 중심인 것으로 볼 수도 있겠지만, 크게는 '문화의 대결 구도'를 담아낸 것으로 이야기할 수도 있어. '무속'이라는 전통문화와 '기독교'라는 외래문화의 충돌이 빈번히 일어났던 개화기 시대의 단면을 고스란히 보여줬다고 볼 수 있는 거야. 역사가 흘러가면서 점점 사라져가는 전통적인 것들에 대한 김동리의 시선이 날카롭고도 섬세하게 녹아든 작품이야.

《화랑의 후예》

한때 수능에 출제된 적도 있는 《화랑의 후예》는 최근에도 중·고등학교 교과서에 실릴 정도로 많은 이에게 잘 알려진 작품이야. 김동리의 등단 소설이기도 하지.

'나'의 시선에 담긴 '황 진사'의 모습을 다루고 있어. 숙부의 소개로 알게 된 황 진사는 가문을 중시하는 몰락한 양반으로, 과거에 누렸던 영광만을 생각하며 시대착오적인 행동을 하는 인물이야. 사실 이런 부류의 사람들에 대해서는 부정적으로 느끼기 쉽지? 물론 그러한 면도 있긴 하지만, '나'는 황 진사에게 절대적으로 비판적인 입장만을 고집하지는 않아. 김동리는 작품을 통해 시대의 변화를 받아들이지 못하는 황 진사 같은 인물이 당시 사회에 매우 많았다는 점을 일깨워주고 싶었을 거야. 풍자의 대상이자, 연민의 대상이 될 수 있다는 거지.

이는 김동리가 느낀 우리 민족에 대한 안타까운 마음이 반영된 것이라 할 수 있어. 지난날의 영광으로 갖게 된 권위 의식을 버리지 못하고 자존심만 내세우다가, 결국 비굴하고 몰염치한 인물이 되어 변화하는 시대에 방황하는 황 진사의 모습을 통해 일제강점기 몰락한 양반 계층의 비참함을 확인할 수 있어. 작품의 배경은 1930년 대이지만 배경만 다를 뿐 이러한 인물은 어느 시대에나 있을 법하다는 점을 떠올리면서 읽는다면, 이해에 도움이 될 거야.

《선도산》

김동리와 박목월은 세 살 터울의 선후배 사이였지만, 실제로는 말을 트고 지낼 정도로 각별한 사이였어. 김동리는 학창 시절 기차 안에서 자주 마주치던 한 여학생에게 관심이 생겼대. 그 사실을 안 박목월이 자신의 형과 그 여학생 오빠의 친분을 이용해서 여학생을 김동리에게 소개해 준 일이 있었어. 김동리는 애절한 편지를 써서 목월에게 건넸고, 편지는 전달이 되었음에도 이상하게 여학생은 모른 척했다고 해. 상심에 빠진 김동리는 결국 마음을 접고 말았지.

그러다가 무려 40년이 지난 후에 김동리와 여학생의 인연은 다시 이어지게 되었어. 김동리가 '신라문화제' 백일장 심사위원으로 경주를 찾았다가 이 여학생, 아니 여인이 된 '한정옥' 씨를 만나게 된 거야. 이런 운명적인 만남이라니! 김동리는 이 인연을 바탕으로 《선도산》이라는 단편소설을 썼지. 김동리와 박목월 그리고 한 여인이 얽힌 슬프지만 따뜻한 사랑 이야기를 만나볼 수 있을 거야!

★ 작가의 세계관이 궁금해!

　김동리의 세계관을 한마디로 요약하기는 어려워. 그렇지만 그의 작품세계를 관통하는 가장 큰 중심축은 말할 수 있지. 그것은 바로 '인간의 운명에 대한 탐구'였어. 김동리는 어린 시절 아픈 기억이 많았어. 소꿉친구였던 '선이'가 폐렴으로 세상을 떠난 일이 있었는데, 김동리는 자신이 쓴 수필에 선이와의 일화를 자주 언급하곤 했어. 그만큼 그의 기억 속에서 '선이'라는 이름이 매우 그립고 아픈 존재였던 것 같아. 이때부터 죽음에 대한 공포심을 가지게 되었고, 김동리는 '운명에 대한 고민'과 함께 성장했다고 할 수 있지. 《역마》, 《사반의 십자가》와 같은 작품들 속에 그러한 '운명과의 대결'이 잘 녹아들어 있어.

　이러한 고민을 해결할 실마리를 던져준 사람이 바로, 그의 큰형 김범부였어. 김범부는 서정주 시인이 "천년에 한 번 나올까 말까 한 천재"라고 말할 정도로 동·서양 철학에 대한 학식이 뛰어난 사람이었어. 특히 그가 주목했던 연구 주제 중 하나가 '화랑'이었는데, 김동리의 등단작이 《화랑의 후예》라는 사실을 떠올려봐도 얼마나

형의 영향력이 컸을지 짐작할 수 있지. 심지어 작품 속에 등장하는 '숙부'가 김범부를 모델로 한 것이란 이야기도 있을 정도야. 김동리가 무속 신앙이나 화랑도 등 우리 민족이 가지고 있던 고유의 정신을 작품 속에 담을 수 있었던 건 김범부의 공헌이 컸다고 말할 수 있을 거야.

'종교적 세계관'에 대해서도 이야기해 볼 수 있어. 김동리는 어린 시절 어머니의 영향으로 기독교를 접하게 되었고, 경주 제일교회 부속학교와 경신고보에서 학창 시절을 보내며 기독교 정신에 대해 공부할 수 있었어. 또한 큰형의 서가에 꽂혀 있던 다양한 책을 읽으며 동양 사상들에 대해 두루 접할 수도 있었어. 다솔사에서 만난 '만해 한용운'과의 인연으로 불교 정신에 대한 깊이 있는 탐구에 빠지기도 했던 김동리의 작품 속에 드러난 종교의식은 이러한 그의 삶이 철저히 반영된 결과물이라고 할 수 있을 거야. 샤머니즘과 기독교의 대립을 그린 그의 대표작 《무녀도》, 불교사상을 바탕으로 한 《등신불》은 물론 여러 작품 속에서 이를 확인할 수 있지.

'순수문학'에 대해서도 논할 수 있어. 이념의 대립이 끊이지 않던 시대를 살아왔기에 김동리는 늘 문학의 역할에 대해 고민해야만 했어. 순수문학은 말 그대로 작품 자체에만 집중하는 문학 경향을 말해. 시대적 상황보다는 인물의 성격이나 배경 묘사에 대해 더욱 고민하는 것이지. 그런데 당시에는 소설 속에 자신이 가진 정치적 색깔을 녹여내는 작가들이 많았거든. 이러한 문학 풍토에 저항하며 쓴 《황토기》, 《혈거부족》과 같은 단편소설들은 그 고민의 끝이 '순수문학'이었다는 것을 증명하고 있어. 그렇다고 해서 김동리가 주장했던 '순수'가 무조건 시대적인 상황을 배척하는 것은 아니었어. 그보다는, 어지럽고 혼란스러운 현실을 넘어 문학 속에서 새로운 세계를 구현하고 싶었던 것이지.

문단에 발을 들인 이후 수십 년간 많은 문인과 문학의 역할에 대해 논쟁을 이어왔던 김동리. 그가 꿈꾸었던 세상은, 문학을 통해 보여주고 싶었던 세상은, 우리 민족이 하나가 되어 평화를 추구하며 살아가는 아름다운 모습이 아니었을까?

★ 작가를 느끼고 싶다면?

〈동리목월문학관〉

경주 불국사 근처에 자리한 '동리목월문학관'은 동리목월기념사업회가 2006년 건립해서 오늘에 이르고 있어. '동리관', '목월관', '신라를 빛낸 인물관'으로 나뉘어 있고, 불국사 바로 옆에 자리 잡고 있어 경주 여행을 할 때 하나의 코스로 삼기에 꽤 괜찮은 곳이야. 특히 '동리관'에는 김동리의 육필원고, 생활 유품 등 수천여 점의 자료들이 전시되어 있어서 매우 유익한 학습 및 관광 공간이 될 듯해. 1934년 처음 만난 이후 나이를 뛰어 넘어 우정을 나눈 김동리와 박목월. 문학적 교류를 이어온 경주 출생의 두 문인을 만나볼 수 있는 좋은 기회가 될 거야!

〈다솔사〉

다솔사는 경남 사천의 봉명산에 자리 잡은 1,500년의 역사를 자랑하는 천년고찰이야. 511년 신라 시대에 창건되었지. 임진왜란으로 소실되기도 했지만, 1915년 재건되어 여전한 아름다움을 뽐내고 있어. 이름에서 알 수 있는 것처럼 수많은 소나무가 길을 만들어 주고 있어서 걷기만 해도 마음이 편해지는 경험을 선사라는 곳이야. 일제 말기, 만해 한용운이 이곳에 머물면서 독립운동을 펼쳤던 곳으로도 유명해. 김동리도 이곳에서 문학적 역량을 키울 수 있었어.《등신불》이 집필된 곳이 바로 다솔사야. 1960년대 다솔사의 주지였던 효당 최범술은 다솔사 야산에 차※를 재배해서 이를 세상에 알리기도 했지. 그만큼 우리 민족의 역사와 전통이 고스란히 담긴 이야기가 가득한 곳이야.

라쌤의 P.M.I （Please More Information）

• 스님이 되지 못한 이유가 '가부좌'가 안 돼서라고?

사실 김동리는 20대 초반이 되면서 출가를 결심한 적이 있었어. 다솔사에 들어가 승려로서 삶을 이어나가고자 했지. 그 꿈은 순식간에 접게 되었는데, 스님이라면 능히 해내야 하는 '가부좌'가 되지 않았던 거야. 양발을 반대편 다리에 모두 올리고 앉는 자세인데, 그 자세가 되지 않으면 참선(기도)을 할 수 없어. 다행인지 불행인지, 그 덕분에 김동리는 소설 습작에 전념할 수 있게 되었고, 우리에게 수많은 명작을 전해주었어.

• '꼬집히면'을 '꽃이 피면'으로 잘못 들어서….

시인 서정주와 소설가 김동리는 시와 소설에서 그야말로 '양대 산맥'이라 할 수 있을 정도로 위대한 작가들이야. 둘은 각별한 사이였다고 전해지는데, 젊은 시절 두 사람 사이에 있었던 일화는 문단에서 시와 소설의 차이를 설명할 때 인용되기도 해.

어느 날 두 사람이 술을 마시고 있었는데, 김동리가 "어제 잠이 안 와서 지어 봤다"라면서 자작시 한 편을 낭송했어. "벙어리도 꽃이 피면 우는 것을…."

서정주는 시를 듣고는 무릎을 치면서 탄성을 내질렀어. "'벙어리도 꽃이 피면 우는 것을….'이라. 내 이제야말로 자네를 시인으로 인정하겠네."

그 말을 듣던 김동리의 얼굴이 갑자기 일그러졌어. "아이다, 이 사람아. 내는 '벙어리도 꼬집히면 우는 것을'이라고 썼다."

'벙어리도 꼬집히면 운다'라는 말은 인과관계에 충실한, 이야기 형식이라 할 수 있어. '꼬집혀서(원인)→'운다(결과)'. 이러한 논리 전개방식은 전형적인 소설가의 창작방식이라 할 수 있지. 그런데 시인이었던 서정주에게는 '꼬집히면'이 기막힌 한 편의 노래, 벙어리도 '꽃이 피면' 운다는 시적 허용으로 들렸던 거야! 시와 소설, 시인과 소설가의 차이를 잘 보여주는 에피소드라 할 수 있어.

광적이거나, 천재적이거나

⟡⟡⟡⟡⟡⟡

김동인

"나의 머리는 더욱 숙여졌다.
멀거니 뜬 눈에서는 눈물이 나오려 하였다.
나는 그것을 막으려고 힘껏 감았다.
힘있게 닫힌 눈은 떨렸다."

―《태형》

인간의 이기심은 정말 어쩔 수 없는 것일까?

여 · 는 · 글

《태형》은 1922년 12월부터 이듬해 2월까지, 〈동명〉 지에 총 3회에 걸쳐 연재된 단편소설로, '옥중기의 일절'이라는 부제는 '감옥에서 생활하며 쓴 글 중 하나'라는 의미야. 부제로 유추할 수 있듯, 《태형》은 감옥이라는 공간을 배경으로 죄수들 사이에 일어나는 갈등을 다루고 있어.

3·1운동 직후 무더운 여름날, 주인공 '나'가 잡혀 들어온 감방은 비좁은 공간에 수십 명의 수인이 함께 갇혀 있었어. 감방 안의 사람들은 독립운동을 했던 때의 마음가짐은 모두 사라지고, 머릿속에 '냉수 한 모금'이라는 말만 가득한 상태였어. 모두 한 사람이라도 줄어서 조금이라도 공간이 넓어지길 바라지. 감방 안에서 '나'의 마음속에 인간적인 면모는 차츰 사라지고 있었어. 그런 마음이 '영원 영감'에게 고스란히 표출돼. 영감의 재판 결과는 '태형 90대'. 그런데 그는 일흔의 나이에 이런 처벌을 받으면 목숨이 위태로울 거라고 걱정하면서, 다시 재판을 요구할 예정이라고 말하지. 그 말을 들은 '나'는 영감에게 화를 냈어. 영감이 죽으면 그만큼 자리가 넓어질 것이니 다른 사람들이 조금 더 편해지지 않겠냐는, 인간으로서 차마 할 수 없는 말을 해버린 거야. 결국 영원 영감은 태형 90대를 받아들이기로 마음을 고쳐먹어.

영감이 끌려 나가자 '나'를 비롯한 나머지 수인들은 자리가 넓어졌다는 사실에 기뻐하며, 오랜만에 주어진 단 20초의 목욕을 즐기지. 기분 좋게 감방으로 돌아온 그들에게 매 맞는 소리와 주인 모를 비명이 들려오자 '나'는 괴로움에 사로잡히지.

주변 환경이 가혹해지면 우리의 인간성은 정말 사라지게 되는 걸까? 극한의 상황에서도 절대 저버려선 안 되는 것들이 무엇인지에 대해 생각하게 해주는 작품이야.

독서 길잡이

읽기 대상   중3~고2

읽기 난이도   ★★★★☆

읽기 특징   중·고등학교 교과서 및 EBS 수능완성 수록 작품

★ 이 문장의 주인은?

문학의 예술적 독자성을 확립한 근대 문학의 선구자
· 김동인

김동인은 1900년 평양에서 태어났어. 김동인의 아버지 김대윤은 평양에서 알아주는 큰 부자였다고 해. 어려서부터 풍족한 삶을 살았던 그에 대한 사회적인 평판은 사실 그리 좋지 않아. 사치를 즐기고 오만한 사람이었다는 뒷말이 많은 편이지. 김동인의 아버지는 관대한 편이었고, 어머니는 아들을 과보호하는 사람이었다고 해. 김동인은 원하는 것은 모두 얻을 수 있는 유년기를 보내면서 타인의 시선 따윈 신경 쓰지 않는, 그야말로 '유아독존'●과 같은 모습이었어.

● '천상천하 유아독존'의 줄임말로, 석가모니가 탄생했을 때 가장 처음 했다는 말이야. 이 우주 안에서 내가 가장 높고 존귀하다는 뜻인데, 이는 석가모니 자신만을 뜻하는 게 아니라 진리를 깨친 모든 사람이 높고 존귀하다는 의미야.

그는 기독교 재단의 숭실중학교를 중퇴한 후 일본 도쿄에서 유학 생활을 시작했어. 1917년 아버지가 돌아가시면서 엄청난 유산을 상속받았는데, 경제 관념이 부족했던 김동인은 도박장이나 기생집을 끊임없이 드나드는 방탕한 생활을 이어갔어. 심지어 담배를 산다며 신의주에서 중국 단둥까지 인력거를 부르기도 했다니, 그의 사치가 어느 정도였는지 짐작이 될 거야. 결국 1920년대 후반 '보통강 수리 사업'에 막대한 돈을 투자했다가 모조리 날려버리면서, 순식간에 재산을 탕진하고 생활고를 겪게 돼.

잠시 미술학교에서 그림 공부를 하기도 했지만, 1919년 자신과 같은 숭덕소학교 출신 주요한과 함께 문예지 〈창조〉●를 창간하면서 문학에 대한 열정을 드러냈지. 이때 단편소설《약한 자의 슬픔》을 발표하여 작가로 등단하게 돼. 이 단편은 재산을 날려버린 김동인이 '먹고 살기 위해' 글을 쓰기 시작했다는 이야기도 있어. 그 시작이 어떠했든, 분명 그의 소설은 작품성이 매우 뛰어났고 문단의 주목을 받기엔 충분했지.

무엇보다 김동인의 소설은 독자들에게 쉽게 읽히는 작품들이 많았고, 다양한 문학적 시도가 반영되었다는 점이 인상깊은 지점이었어.《배따라기》,《감자》와 같은 우리에게도 잘 알려진 작품들은 물

● 1919년 김동인·주요한·전영택·김환·최승만 등 다섯 명이 창간한 우리나라 최초의 종합 문예 동인지를 말해. 이후 이광수도 〈창조〉지를 통해 활동하게 돼.

론, 《젊은 그들》이라는 역사 장편소설도 상당히 인기가 많았다고
해. 더불어 당시로선 꽤 파격적이었던 SF소설 《K박사의 연구》라는
작품도 있지.

1938년 〈매일신보〉에 연재하던 산문 《국기》는 친일의식을 전면
에 내세운 글이었어. 이후에도 그는 계속해서 친일 활동을 이어나
갔지. 창씨개명은 물론 친일 단체가 주최하는 여러 행사에 참여하
는 일도 서슴지 않았어. 일제강점 말기, 중일전쟁이 일어난 이후 그
의 변절은 본격화 돼. 1939년 '문단사절'을 만들어서, 중국 화북 지
방에 주둔 중인 일제의 '황군'을 위문할 것을 제안하고, 위문을 다
녀와 이를 '자랑스러웠다'고 기록에 남기기까지 하지.

광복 이후에는 '전조선문필가협회'와 같은 여러 문학 단체를 결
성하는 등 꾸준히 문학 활동을 이어갔지만, 그러한 활동도 길게 이
어지지는 않았지. 1949년 중풍으로 쓰러지고 말았거든. 이듬해 한
국전쟁이 발발했는데, 1·4후퇴 때 가족 모두 피난을 떠났으나 중
풍이 심했던 김동인만 집에 남았다고 해. 홀로 쓸쓸히 하왕십리 자
택에서 사망하여 동네 주민들이 그의 시신을 묻어주었다는 소식이
뒤늦게 전해졌어.

김동인의 작가로서의 업적을 기리며 1955년 〈사상계〉●라는 교양

● 1953년 독립운동가·언론인·정치인·민주화운동가 장준하가 창간한 잡지를 말해.

지는 '동인문학상'을 제정했고, 이는 현재까지 이어지고 있어. 사실 그는 누가 봐도 명백한 친일파이고, 삶 전체를 돌아봐도 결코 본받을 만한 위인은 아니기에 동인문학상은 많은 논란이 있는 문학상이야. 하지만 그의 친일 행적이 명확한 만큼, 반대로 그가 가진 소설적 역량도 결코 무시할 수 없는 지점이 있어. 그렇기에 우리는 김동인이라는 사람에 대해 더욱 명확히 알고, 작가와 그의 작품에 대해 분별하여 평가할 줄 알며, 이에 대해 깊이 있게 생각하고 판단할 줄 알아야 해.

★ 친구들에게 이 책을 추천해!

《감자》

1925년 발표된 김동인의 가장 대표적인 작품이야. 환경적인 요인으로 인해 인간이 타락해나가는 모습을 담아낸, 김동인이 가지고 있는 세계관이 고스란히 담긴 작품이라고 할 수 있지. 주인공 '복녀'는 가난하지만 정직한 농가에서 태어났어. 여기서 정직하다는 건, 열심히 노력해서 성과를 거둔다는 의미로 보면 될 것 같아. 그런데 복녀는 단돈 80원에 스무 살이나 나이가 많은 홀아비에게 팔리듯 시집을 가게 되지. 복녀의 남편은 매우 게으른 사람이었어. 점점 가세가 기울자 결국 부부는 빈민굴에서 구걸을 하면서 살게 돼. 마침 그때 솔밭에 송충이가 들끓어서 송충이 퇴치 인부를 모집했는데, 복녀도 거기에 지원하게 되었어. 그런데 몇몇 아낙네들은 일을 제대로 하지 않으면서 품삯은 자신보다 훨씬 많이 받아 가는 걸 알게 되고, 이때부터 복녀는 자신의 몸을 더럽히게 되지. 일해서 돈을 벌기보다는, 쉽게 돈을 벌 수 있다는 생각을 하게 된 거야.

가난으로 인해 복녀의 윤리의식이 점점 사라져가는 장면들을 보면서, 인간이 얼마만큼 타락할 수 있는가에 대해 고민해볼 수 있을 거야. 물론, 환경에 흔들리지 않고 자신의 삶을 씩씩하게 개척해나가야 한다는 역발상도 해볼 수 있겠지?

《광염소나타》

단편소설 《광염소나타》는 1930년 〈중외일보〉에 연재된 작품이야. 천재 음악가 '백성수'의 삶을 다루고 있는 이 소설은 작중 화자인 K선생이 백성수의 과거를 이야기하면서 전개돼. 위독한 어머니의 병원비를 마련하기 위해 가게의 돈을 훔치다 잡혀버린 장면, 감옥에 가 있는 동안 어머니가 돌아가셔서 묘지조차 모르게 된 사연, 이에 대한 복수로 가게에 불을 지르는 모습까지. 그런데 놀랍게도 백성수는 그 방화를 통해 음악성이 깨어나 엄청난 곡을 만들게 돼. 참으로 모순●적인 상황이지. 이후 그는 작곡이 잘되지 않으면 자극을 받기 위해 불을 지르거나 살인을 하는 등 자신의 예술성을 일깨우는 방법으로 인간이 해서는 안될 일을 서슴지 않지. 광기를 자극하여 만들어 낸 곡들은 그야말로 '불후의 명곡'으로 인정받고, K선생은 백성수 같은 '천재'를 단순히 '사회윤리'라는 이유로 억압하고 없애려는 행위는 옳지 않다고 그를 변호하지.

이는 우리에게 생각할 거리를 던져줘. 아름다움을 추구하는 예술적 가치를 위해 사회 질서를 위협하는 일탈 행동이 받아들여질 수 있을까? 그런데 문제는 김동인이 이러한 '예술지상주의'를 당연한 것으로 받아들였다는 점이야. 그는 반도덕적 행위도 예술로써 가치가 있다면 인정받아야 한다고 여겼어. 그의 삶과 다분히 닮아있다고나 할까? 그러나 우리는 김동인이 걸어온 삶과 그의 작품을 통해 어떤 길을 선택해야 할지 충분히 답을 찾을 수 있을 거야.

《K박사의 연구》

'최초'의 여부는 확정적으로 말하기 어렵지만, 김동인의 《K박사의 연구》가 당시 보기 힘든 'SF소설'이라는 점은 분명하다고 말할 수 있어. 이 작품이 과학적 상상력을 기반으로 쓰인 소설이기 때문이야. 김동인이 활동하던 시절에도 인류의 식량문제가 대두되었던

● 창과 방패(防牌)라는 뜻으로, 말이나 행동의 앞뒤가 서로 맞지 않는 것을 뜻해.

것 같아. 일제의 '산미증식계획'과 연결 짓는 사람들도 있어.

작품 속 'K박사'는 식량문제 해결방안으로 인간의 '똥'을 이용해. 똥 속의 영양분만 뽑아내어 새로운 대체 식품을 만들어낸다는 거야. 대체 식품이 완성되어 가는 실험 과정, 그로 인해 발생하는 오해와 갈등들이 나름의 유쾌함을 불러일으키는 작품이야. 김동인의 천재성을 확인해 볼 수 있는 기회가 될 거야.

★ 작가의 세계관이 궁금해!

김동인의 작품세계를 나누어 생각해 볼 수 있는 다양한 기준점이 있겠지만, 여기서는 '자연주의' · '탐미주의' · '민족주의', 세 가지 계열로 나누어서 이야기해 볼게.

'자연주의' 계열에 속하는 작품으로는 《감자》, 《배따라기》, 《김연실전》, 《발가락이 닮았다》 등이 있어. '자연주의'는 유럽에서 시작된 문예사조야. 인간은 그 삶의 모습이 유전과 환경에 의해 결정되는 하나의 동물에 지나지 않는다는 생각을 전제로 하고 있지. 따라서 인간을 둘러싼 주변 환경이 인간의 행동이나 성격을 결정해준다고 여겨. 이러한 인식을 기반으로 하다 보니, 작품 속에 드러나는 인물의 성격은 매우 충동적이고, 본능적인 경우가 많아. 《감자》의

'복녀' 같은 경우, 갈수록 생계가 어려워지고 구걸조차 쉽지 않아지자 결국 몸을 팔아서 돈을 벌게 되지.

이렇게 자연주의 계열의 작품 속 인물들은 윤리적으로 어긋난 행동을 하는 경우가 많은데, 중요한 건 이에 대한 부작용이 생길 수 있다는 점이야. 악한 사람이든 선한 사람이든 간에, 그들을 둘러싼 환경에 의해 '어쩔 수 없이' 만들어진 거라는 전제가 생기는데, 이러한 인식이 깊어지면 도덕적 불감증이 생길 수 있어. 어떤 행동을 하든, 비윤리적이고 부도덕한 행동을 한 주체인 '개인'의 책임은 없다는 결론에 이를 수 있는 셈이지. 어쩌면 김동인의 친일행각도 이러한 사상에서 비롯된 것은 아닐까? 일제의 침략으로 인해, 살기 위해 어쩔 수 없이 그런 행동을 했다고 말이야.

김동인의 작품 중 '탐미주의' 계열로 묶을 수 있는 소설로는《광염소나타》,《광화사》가 있어. 탐미주의는 말 그대로 '미적가치'를 가장 중요하게 여기는 문예사조야. 프랑스 시인 '보들레르'에 의해 본격적으로 다뤄지기 시작했는데, 국내 몇몇 작가들도 여기서 영향을 받아 작품을 창작하곤 했어. 사실 탐미주의도 논란이 되고 비판을 받는 지점이 있어. 미를 추구하기 위해서는 어떠한 행동도 인정받을 수 있다는 점 때문이야. 비윤리적인 행위도 전혀 문제가 되지 않는다는 관점에서 앞서 언급한 자연주의 작품의 부작용과 연관성이 보이지?《광염소나타》의 '백성수'가 예술적 영감을 얻기 위해 들

판에 불을 지르고, 살인까지 저지르는 모습이 여기에 해당한다고 할 수 있어.

1932년 발표된 《붉은 산》은 '민족주의' 계열에 속하는 작품이라고 할 수 있어. 민족주의 작품들은 우리 민족이 추구해야 할 가치를 담아냈는데, 《붉은 산》은 일제강점기 우리 민족이 겪어야만 했던 울분을 여실히 드러낸 작품이야. 실제로 조선이 식민지가 된 후, 많은 농민이 토지를 잃고 만주로 이주했지. 그곳에서의 삶도 순탄하지 않았어. 그러한 이주민들의 삶을 그려냄으로써 《붉은 산》은 민족주의 계열의 작품으로 인정받고, 심지어 교과서에 실리기까지 했지. 여기까지만 보면 김동인의 친일 행적과 모순된다고 생각할 거야.

그런데 세월이 흐른 후 이 작품에 대한 평가가 180도 바뀌어 가고 있어! 《붉은 산》의 실제 배경이 1931년 '만보산사건'인데, 이는 중국인과 조선인 사이를 이간질한 일제의 계략이었던 것으로 밝혀졌거든. 만주에서 벌어진 중국 농민과 조선 이주민들의 갈등이 조선 전역으로 번지면서, 혐오 의식으로 인해 서울, 평양, 원산 등에 거주하던 많은 중국인이 학살당했어. 이 비극적인 사건의 시작이 일본이 '조선인이 중국인에게 피해를 봤다'라고 전하면서 조선인과 중국인 사이를 이간질한 술책에 의한 것임이 드러나게 된 거야. 시간이 흐르고 역사 연구도 발전하면서 김동인의 민족주의는 결국 친일행각의 시작점이었다는 평가를 새롭게 받게 됐지.

김동인의 작품세계는 경향에 따라 묶는 것 말고도 이야기할 수 있는 부분이 많아. 시점과 관련해서는 한 인물의 시각을 통해서 세계를 표현해내는 '일원묘사', 지금의 전지적 작가 시점과 거의 유사한 '다원묘사'와 같은 개념들을 도입했어. 우리말에서 발달하지 않았던 3인칭 대명사 '그', '그녀' 등을 소설에 사용하기도 했지. 더불어 과거시제를 도입하여 작품 속 시간관념을 좀 더 명확히 할 수 있게 해주었어.

특히 김동인은 《약한 자의 슬픔》을 통해 '인형조종술'이란 개념을 제시해주었는데, 이는 작가가 신의 위치에서 작품 속 인물들을 조종할 수 있다는 이론이야. 어찌 보면 인물은 작가가 창조해내는 것이니 당연한 이론이라 생각할 수 있겠지만, 작품을 창작하다 보면 작가가 생각한 대로 이야기가 흘러가지 않을 때가 많아. 장면과 장면이 유기적으로 연결되어야 하고, 여러 인물이 얽힌 수많은 사건을 진행하면서 작가도 예상하지 못한 결말이 만들어질 수 있거든. 실제로 김동인도 '인형조종술'을 도입하여 창작했던 《약한 자의 슬픔》이 결국 작가가 원하는 결말을 내지는 못했다고 고백한 바 있어.

김동인은 소설 창작에 대한 다양한 기법을 과감하게 도입함으로써 당시 문단에 큰 반향을 일으켰어. 그의 실험정신이 성공했든 실패했든 간에, 당대 문인들에게 창작에 대한 깊이 있고, 끊임없는 고민이 필요하다는 점을 일깨운 건 분명 큰 성과라고 할 수 있어.

★ 작가를 느끼고 싶다면?

〈김동인 문학비〉

서울 어린이대공원에는 '김동인 문학비'가 세워져 있어. 사실 문학비와 김동인 흉상 말고는 딱히 특별한 것이 없긴 하지만, 얼마 전 그곳에 '친일 행적 안내판' 설치에 대한 논란이 있었어. 김동인의 문학적 성과를 기리는 것 그리고 친일 행적에 대한 비판이 필요하다는 목소리 중 어떤 것이 더 중요한 가치일까? 우리도 이에 대해 생각해보는 시간을 가졌으면 좋겠어.

 라쌤의 P.M.I (Please More Information)

• 김동인과 염상섭

1920년대 우리 문단의 큰 관심사 중 하나는 김동인과 염상섭이라는 두 '라이벌'의 대결 구도였어. '평양'과 '서울'이라는 지역 거점의 차이를 시작으로, 〈창조〉와 〈폐허〉●라는 이름부터 상반되는 동인지에서의 활동, 서로 각자의 동인지에 상대를 깎아내리는 비평을 싣기까지…. 이러한 두 작가의 갈등은 실로 어마어마한 것이었지. 이를테면, 엄청나게 유명한 두 래퍼가 서로를 '디스dis'하는 곡을 번갈아 발표하는 식이랄까? 심지어 이 둘은 커피숍에서 만나

● 1920년 7월 창간되어 1921년 1월 통권 2호만에 종간된 문예 동인지를 말해.

직접적인 말다툼을 하기도 했어!

두 작가의 갈등이 정점으로 치달은 대목은 염상섭의 《출분●한 아내에게 보내는 편지》라는 작품 때문이었어. 당시 김동인은 투자를 잘못하여 가산을 탕진했고, 부인은 자식을 데리고 그를 떠난 상태였거든. 그런데 염상섭은 그런 김동인의 처지를 작품 속에 담아냈던 거야. 물론 염상섭이 소설에 직접적으로 김동인이란 이름을 사용하지는 않았지만, 누가 봐도 그의 이야기라는 걸 알 수 있었어. 이제 질세라 김동인도 문예진 〈동광〉에 《발가락이 닮았다》라는 소설을 발표했는데, 역시 염상섭의 이름을 직접 언급하진 않았지만 누가 봐도 그를 히히하하하는 것이란 걸 알 수 있었지. 다행히 둘은 추후 만나 막걸리를 마시며 앙금을 풀었다고 해. 어쨌든 둘의 갈등 덕분에 여러 문인과 독자들은 소소한 재미를 얻을 수 있었지.

• 천황 불경죄?

김동인은 일제에 협력하는 글을 쓰고, 일본군 위문 '문단 사절'로 활약하는 등 앞장서서 친일 활동을 자행했어. 그런데 아이러니한 것은, 그가 일본 천황을 '그 같은 자'라고 표현해서 불경죄로 징역 8개월을 선고받고 옥살이를 했다는 점이야. 사실 이는 독립운동을 위해 했던 발언은 아니었고, 단순한 말실수로 인한 것이었다고 해. 김동인의 아들은 이러한 사실을 바탕으로 아버지가 일본제국주의에 대한 저항정신을 지니고 산 인물이었다고 주장하기도 했지. 그러나 김동인의 지난 행적은 너무도 명백하게 '친일'이었음을 이제 우리는 '역사'를 통해 알게 되었어.

● 출분出奔은 도망하여 달아난다는 의미야.

'감수성의 혁명',
1960년대 대표 소설가

◇◇◇◇◇◇

김승옥

"안개는 마치 이승에 한이 있어서 매일 밤 찾아오는
여귀女鬼가 뿜어내놓은 입김과 같았다.
해가 떠오르고, 바람이 바다 쪽에서 방향을 바꾸어
불어오기 전에는 사람들의 힘으로써는
그것을 헤쳐 버릴 수가 없었다."
─《무진기행》

자신의 삶에 대한 반성을 할 수 있는 사람이 몇이나 될까?

《무진기행》은 전통적인 가치가 모두 파괴되어 버린 1960년대 우리 사회의 단면을 세심하게 그려낸 작품이야. 당시 사회가 가지고 있던 혼란스러움을 '무진'이라는 도시의 '안개'를 통해 상징적으로 잘 드러내고 있지. 작품 속 '윤희중'이라는 이름의 '나'는 아내의 권유에 따라 오랜만에 고향인 '무진'으로 향해. '나'는 곧 제약회사의 전무가 될 사람으로, 늘 무언가에 쫓기거나 새 출발을 하게 될 때면 어김없이 고향으로 향했어. 이번에도 무진을 찾았지만, 늘 그랬듯이 고향에서 용기를 얻거나 계획을 세우지 않고 그저 골방에 처박혀 지낼 뿐이었지.

무진에서 윤희중은 중학 동창인 '조씨', 후배인 '박 선생' 그리고 박 선생의 동료 '하인숙'을 만나 술자리를 갖게 돼. 인숙에 대한 호감이 생긴 윤희중은 자신을 서울로 데려가 달라는 인숙의 부탁에 그러겠다고 답하지. 그러나 급히 상경하라는 전보를 받고 홀로 서울로 떠나 버려. 가정과 사회에 대한 책임감 등 현실적인 가치와 타협하고는 인숙을 외면한 거야.

이 작품을 읽고 느낄 수 있는 다양한 감정이 있겠지만, 대표적으로 '허무함'을 손꼽아. 그간 수많은 작품에서 느껴지는 '고향'의 이미지가 따스함, 포근함 같은 긍정적인 것이었다면,《무진기행》속 '무진'은 굉장히 차갑고, 어두우며, 우울하기까지 한 곳이지. 안개가 자욱한 그곳은 마치 내면의 갈등을 겪고 있는 주인공 윤희중의 모습과 닮은 듯 보여.

결국 윤희중은 자신의 현실, 즉 서울로 돌아가는 선택을 하지. 생각해보면 이는 우리의 실제 모습을 반영하기도 한 것 같아. 이상을 꿈꾸지만 늘 현실의 벽에 부딪혀 좌절하고, 또 쉽게 포기해버리는 그런 모습 말이야. 김승옥은 그런 삶에 대한 부끄러움을 가지라는 메시지를《무진기행》을 통해 전달하고 싶었는지도 몰라.

독서 길잡이

읽기 대상	중3~고2
읽기 난이도	★★★★☆
읽기 특징	중·고등학교 교과서 및 EBS 교재 수록 작품

우리 문단을 뒤덮고 있던 짙은 안개를 걷어내다

· 김승옥

　김승옥은 1941년 오사카에서 태어났어. 아버지와 어머니 모두 일본에서 생활하고 있었지. 태평양전쟁이 발발했던 시기에 위험을 피해 전남 순천으로 들어왔다고 해. 그런데 이는 김승옥 가족에게 또 다른 위험의 시작이었어. 1948년 당시 여순사건●이 발발하였고, 아버지 김기선은 사망하고 말았어. '빨치산'●●이 되어 산으로 들어가

● 1948년 4월 3일 제주도에서 남한의 단독 정부 수립에 반대하는 민중 봉기가 일어나자, 이승만 정부가 1948년 10월 여수에 주둔 중인 국군 제14연대를 제주 4·3사건 진압을 위해 파견하기로 결정해. 그러나 일부 군인들이 친일파 처벌과 남북 통일 등을 주장하며 출동을 거부하고 반란을 일으켰지. 광복 이후 좌익과 우익이 대립하는 어지러운 상황에서 벌어진 비극적인 사건이야.

●● 빨치산은 프랑스어의 '파르티parti'에서 비롯된 '파르티잔partisan'에서 나온 말이야. '게릴라'와 거의 같은 의미로 쓰이며 당원, 동지, 당파 등을 의미하는 말이야. 빨치산을 '빨갱이'로 잘못 이해하고 사용하는 경우가 많은데, 한국전쟁을 거치면서 1955년까지 활동한 공산주의 비정규군을 말해.

는 아버지의 모습을 본 것이 마지막이었지.

　김승옥은 어려서부터 문학적 재능을 보였어. 열두 살 때 월간 〈소년세계〉●에 투고한 동시가 당선되어 실리기도 했고, 중학생 때는 학교 교지에 수필이나 콩트를 써서 발표하기도 했어. 순천고등학교에 입학한 이후 어머니의 사업이 크게 번창하여 집안 사정에 여유가 생기게 돼. 덕분에 김승옥은 〈현대문학〉과 〈사상계〉 같은 문학잡지를 빌려보거나 다양한 문학작품을 접할 수 있었지.

　김승옥은 1960년 서울대학교 불어불문학과에 진학했어. 당시 서울대 60학번 중에는 이청준 · 김광규 · 박태순과 같은 이들이 있었고, 이들은 함께 문학 모임을 가지며 문학적 역량을 더욱 키우게 되었어. 이러한 이유로 '서울대 60학번'을 '우리 문학의 한 획을 그은 세대'라고 부르기도 해.

　김승옥은 스물두 살 때 〈한국일보〉 신춘문예에 《생명연습》이 당선되면서 본격적으로 작가 생활을 시작하게 되지. 김현, 최하림 등과 〈산문시대〉라는 동인지를 만들어 집필활동도 했어. 얼마 지나지 않아 1965년에 발표한 《서울, 1964년 겨울》로 제10회 동인문학상 수상이라는 영예를 얻게 돼. 《건》, 《누이를 이해하기 위하여》, 《역사》, 《무진기행》 등의 작품들을 연이어 발표한 김승옥을 모두 '천

● 　1952년 아동문학가 이원수가 아동문학을 위해 창간한 잡지를 말해.

재'라고 불렀어.

김승옥은 영화계에서도 큰 기여를 한 인물이라고 할 수 있어. 자신의 소설《무진기행》을 각색하여 영화〈안개〉라는 작품을 만들었고, 김동인의《감자》를 각색 및 감독하여 호평을 받기도 했지. 오랜 기간 소설 작가, 시나리오 작가, 국어국문학과 교수로 활동하던 그는 안타깝게도 2003년 뇌경색 진단을 받고 모든 활동을 멈춘 상태야. 그렇지만 투병 중에도 문학에 대한 열정이 식지 않는 대선배를 위해 많은 후배 문인들이 지금도 그를 기리는 글과 행사를 이어가며 존경을 표하고 있지.

★ 친구들에게 이 책을 추천해!

《누이를 이해하기 위하여》

1960년대에는 급격한 산업화에 발맞춰 성공을 위해 도시로 향하는 이들이 많았어. 김승옥의 단편소설《누이를 이해하기 위하여》속 '누이'도 성공을 꿈꾸며 도시로 향하지. 그러나 도시에서의 삶은 순탄하지 않았고, 결국 고향으로 돌아오고 말아. 그런 누이를 보며 '나'는 '누이를 이해하기 위하여' 도시로 향하게 되고, 그곳에서 겪는 사람 그리고 세상에 관한 이야기가 이 작품의 주된 내용이야.

이 작품은 독특한 구성 방식을 취하고 있어. 총 6장으로, 장마다 성격이 다르게 구성되어 있지. 누이가 도시에서 실패하고 돌아온 시기의 이야기, '나'가 도시에 와서 만난 '그 작자'에 대한 폭로가 담긴 이야기 등 흥미롭게 펼쳐지는 이야기에 빠져들 수 있을 거야.

《서울, 1964년 겨울》

1965년 〈사상계〉를 통해 발표되어 세상을 깜짝 놀라게 한 김승옥의 대표적인 작품으로, 제10회 동인문학상 수상작이야. '인간관계'라는 측면에서 주목할 만한 내용을 보여주지.

구청 직원으로 일하는 25세 고졸자 '나', 대학원생 '안' 30대 외판원인 '사내'는 우연히 포장마차에서 만난 사이야. 이들의 대화는 도통 알아들을 수 없고 왜 이런 대화를 나누는 것인지 의문이 들 정도인데, 셋은 대화를 나누다 하룻밤을 함께 보내게 되지. 그런데 혼자 있고 싶지 않다고 말하던 '사내'가 다음 날 사체로 발견돼! 그는 죽기 전날, 급성 뇌막염으로 죽은 아내의 사체를 세브란스병원에 해부용 시체로 팔고 죄책감을 느꼈거든. 괜히 사건에 휘말릴까 두려웠던 나머지 둘은 서둘러 그 자리를 떠나지.

이 작품 속 인물들은 심리적으로 연결된 관계가 아니야. 그야말로 '개인주의' 그 자체를 보여주고 있지. 인물의 이름조차도 정확히 드러나지 않거든. 흔히 '익명성'이 강조되었다고 말하는데, 이는 단순히 작품 속 인물들에게만 해당되는 것이 아니라, 1960년대 우리 사회의 모습이기도 했어. 급격한 도시화로 인해 소외된 사람들이 가득했던, 그런 모습 말이야. 한국전쟁 이후 우리 사회에 개인주의가 팽배한 변화된 시대상을 날카롭게 포착한 그의 시선은, 현재에도 통하는 문학과 시대와의 관계성을 보여준다고 할 수 있어.

《역사》

이 소설에서 말하는 '역사力士'는 '뛰어나게 힘이 센 사람'을 의미해. 《역사》는 액자식 구성을 취하고 있는데, 그 안에는 빈민가 막노동꾼 '서 씨'의 이야기가 담겨 있어. 서 씨는 선조들로부터 이어진 역사力士로서의 내력을 알려야 한다며 성벽의 돌을 나르는 다소 엉뚱한 인물이지. 그런데 작품 속에서 서 씨의 이러한 행동은 자신만의 가치를 묵묵히 실현하고 있는 긍정적인 모습으로 그려지고 있어. 이와 대비되는 현대 사회의 모습은 질서가 강요되고, 효율성만을 중시하는 인간미가 상실된 상태였어.

작품 속 창신동 빈민가와 도시의 하숙집을 비교하며 작품을 감상하면, 이를 통해 작가가 전하고자 하는 메시지를 이해할 수 있을 거야!

★ 작가의 세계관이 궁금해!

김승옥을 흔히 '60년대 작가'라고 말하는 경우가 있어. 그가 쓴 대표작들 대부분이 1960년대에 발표되었고, 또 60년대를 배경으로 하는 경우가 많아서야. 그런데 중요한 점은 김승옥의 작품들은 한국문학에 새로운 길을 제시해준 전환점이 되었다는 부분이야.

그 이전의 작가들은 일제강점기나 한국전쟁이라는 특수한 상황에서 쉽게 벗어나지 못하는 경향을 보였어. 물론 그 역사적 상황이 우리 민족에게는 절대로 잊을 수 없는 너무나도 큰 사건이었지. 문제는 문학적으로 그러한 시대 상황만을 반영하여 집필된 작품들이 너무 많았고, 그래서 새로운 형태의 이야기가 나타나길 기다리는 이들이 있었단 거야. 그 역할을 바로 김승옥이 해낸 것이랄까?

1960년대 우리 사회는 경제적 빈곤, 급격한 산업화, 4·19와 5·16이라는 정치적 상황 등 여러 문제가 복잡다단하게 얽히고설켜 있었어. 물질적인 성장은 점차 이루고 있을지 몰라도 정신적 성장은 크게 발전하지 못한 상황이었지. 빈부격차는 커져만 갔고, 인간 소외 현상이 사회 전반에 퍼졌어. 작가 김승옥에게는 인간으로서의 가치가 무너진 사회가 눈에 들어왔던 거야. 그는 한 신문사와의 인터뷰에서 이러한 메시지를 전했어.

대학원생과 병사계 직원이 술자리에서 나누는 대화도 실은 대화가 아닙니다. 다이얼로그가 아니라 모노로그지요. 자기의 논리만 일방적으로 얘기하는….

앞뒤 맥락도 물론 있겠지만, 이 인터뷰에서 김승옥이 하고자 한 말은 이런 것이었을 거야. 대부분의 사람이 대화를 나누기는 하지만 진심으로 자신의 내면을 표현하는 것이 아닌, 딱 필요한 말만 하고 그치는 단절된 인간관계를 보이고 있다는 것. 반대로 김승옥은 자신의 작품을 통해 당시를 살아가던 사람들의 내면을 고스란히 그려내고자 했어. 역사적 사건을 다룸으로써 장황하게 펼쳐지는 세계가 아닌, 소외되거나 고독감을 느끼는 쓸쓸한 존재로서의 개개인을 들여다보고자 애썼던 거야.

김승옥의 이러한 경향은 확연하게 그 이전 작품들과 다른 '김승옥만의 문학세계'라고 할 수 있어. 자세히 보면 특별할 만한 사건이나 인물이 없는데도 많은 독자가 그의 작품에 빠져들 수밖에 없었던 이유는 김승옥의 작품에서 마치 자신이 살아가고 있는 세상을 고스란히 들여다보는 느낌 때문이었을 거야. 더불어 이전의 소설에서는 만나지 못한 세련된 매력도 느꼈지.

작품 수가 그리 많지 않음에도, 누구도 흉내 낼 수 없는 자신만의 문학세계를 만들어 낸 김승옥은 분명 우리 문단, 더 나아가 우리 사회에 묵직한 발자국을 새긴 뛰어난 소설가임이 분명해.

★ 작가를 느끼고 싶다면?

〈순천문학관〉

전남 순천을 대표하는 두 문인이 있다면, 소설가 김승옥과 동화 작가 정채봉일 거야. '순천문학관'은 김승옥과 정채봉의 삶과 문학 세계를 전시해 놓은 곳이지. 특히 '김승옥관'에서는 작가의 작품과 수상 내역, 심지어 그의 손을 거친 영화들까지 모두 확인할 수 있어서 매우 유익한 여행코스가 되리라 생각해.

이 외에도 순천에는 '순천만국가정원'이라는 생태공원도 조성되어 있어. 더불어 '스카이큐브'라는 신기한 이동 수단이 있어서 매우 편리하게 순천 일대를 여행할 수 있어.

라쌤의 P.M.I (Please More Information)

• 김승옥과 이청준

　김승옥, 이청준. 이름만 들어도 '가슴이 웅장해지는' 느낌이 들 정도로, 두 문인이 우리 문단에 끼친 영향은 말로 표현할 수 없을 정도로 대단해. 김승옥과 이청준은 모두 서울대학교 60학번 동기로, 평생지기로서 인연을 이어왔어.

　대학교 2학년 시절, 입대를 망설이던 둘은 자신들의 글쓰기 역량을 시험해볼 요량으로 함께 신춘문예에 작품을 투고하지. 당선되면 상금으로 다음 학기 등록금을 내고, 떨어지면 입대를 하자는 생각이었어. 아니나 다를까, 김승옥은 1962년 《생명연습》이라는 작품으로 〈한국일보〉 신춘문예에 당선되면서 작가의 길을 걷게 되었어. 그리고 아쉽게 탈락의 고배를 마신 이청준은 어쩔 수 없이 입대를 선택하게 돼. 물론 이청준도 몇 년 뒤인 1965년 단편소설 《퇴원》이 당선되면서 이청준 문학세계의 시작을 알리게 되었어.

• 하나님의 계시

　김승옥은 유년 시절 아버지를 여의었고, 세 살배기 어린 동생도 병으로 떠나보내고 말았어. 그때부터 김승옥은 교회를 다니면서 가슴 속 응어리를 풀어낼 수 있었다고 해. 사실 청년 시절엔 다소 종교를 멀리할 때도 있었다고 하는데, 어느 날 술에 취해 집에서 "하느님, 이럴 수가 있습니까?"라고 외치며 세상사에 대한 한탄을 내뱉고 있었대. 그런데 그때 하얀 옷을 입은 하느님이 다가와 자신에게 종교적 계시를 내리는 신비한 경험을 했다고 해. 그날 이후 김승옥은 하느님의 충복으로 살아갈 것을 다짐했다고 하지.

중학생의
인생문장

근대 사실주의 문학의 기수

◇◇◇◇◇◇

염상섭

"이것은 사형수보다도 더 못 견딜 일이다.

사형수는 제 운명을 알구나 있지 않은가?

사형을 집행할 때라두 미리 일러는 줄 테지.

이놈들이 정작 내게는— 누구보다도 먼저 알아야 할 내게는

알리려 들지를 않구서, 목숨의 임자가 저의들인 듯싶이,

저의들만 뒷구멍으루 숙실숙실하구 우물주물하다니!

대관절 산다는 거냐? 살려주겠다는 거냐?"

—《임종》

죽음을 맞이하는 우리의 자세

1949년 문예지 〈문예〉 창간호에 발표한 작품이야. 임종, 즉 죽음을 맞이하는 주인공의 삶에 대한 집착 그리고 이를 바라보는 주변 사람들의 시선을 있는 그대로, 매우 사실적인 묘사를 통해 보여주고 있지.

'병인'은 죽음을 준비해야 하는 임종 직전의 환자야. 병원에서도 가망이 없으니 퇴원하라는 말을 하지. 그러나 병인은 어쩌면 당연하게도 살고 싶다는, 죽음에 대한 거부감을 보여. 병인은 삶에 대한 강한 의욕을 보이지만 그것과는 상관없이 가족들은 그의 죽음을 기정사실로 한 채, 장례비에 대한 고민만을 나누고 있을 뿐이야.

병인에 대해 '아이러니하다'라고 말할 수 있는 장면이 있어. 어느 정도 죽음을 받아들이는 듯 화장을 해달라는 식의 유언을 남기는 장면이야. 그런데 병인은 한약을 지어오지 않으면 퇴원하지 않겠다고 고집을 피운다거나, 혹시라도 병이 낫게 되면 재단의 이사장을 맡게 될 것이라는 말에 나름의 희망을 품는 모습을 보여. '죽음'이 마냥 겸허하게 받아들일 수만은 없는 것이라는, 죽음에 대한 인간의 자세가 어떠한지 사실적으로 표현하고 있는 장면이라고 할 수 있지.

결국 병인은 퇴원하고, 집으로 가는 중에 자식들 곁에서 임종을 맞이하게 돼. 소설은 여기서 끝이 아니야. 가족들의 회의가 이어지는 마지막 장면은 장례비용을 절약하거나 장례절차를 간소화하는 방법 등에 대해 이야기하는 가족들의 모습을 그리고 있어. 그리고 이들은 자기들이 결정한 사안들에 대해 만족하지. 죽은 이에 대한 감정적인 접근은 없고, 그저 계산적이며 속물적인 태도만을 보이며 소설은 끝을 맺어.

독서 길잡이

읽기 대상	중3~고1
읽기 난이도	★★★☆☆
읽기 특징	중·고등학교 교과서 및 EBS 교재 수록 작품

치밀한 관찰로 식민지 현실을 적나라하게 고발하다
·염상섭

횡보 염상섭은 1897년 서울 종로에서 태어났어. 아버지는 군수를 지낸 인물로, 염상섭은 유복한 어린 시절을 보낼 수 있었지. 그렇지만 넉넉한 환경이 곧 행복한 삶을 의미하는 것은 아니었어. 무엇보다 당시는 일제 치하의 어두운 시대였고, 염상섭은 그 어둠 속에서 문학이라는 한 줄기 빛에 의지하며 유년기를 보냈다고 해. 그리고 넉넉했던 삶도 그리 오래가지는 못했어.

열 살 때까지 할아버지 염인식에게 글을 배웠지만, 염상섭은 늘 넓은 세상에 나가고 싶은 마음이 있어서 학교에 보내달라고 집안 어른들을 졸랐다고 해. 결국 보성소학교에 입학하여 학교생활을 할 수 있게 되었지. 그런데 얼마 지나지 않아 아버지가 군수 직책을 박

탈당하고 말았어. 강제 한일합방*이 체결되었기 때문이었어. 어린 염상섭의 가슴에 저항의식이 싹트게 된 순간이었지. 더불어 점점 집안의 형편도 어려워지기 시작했어.

열다섯이라는 어린 나이에 염상섭은 일본 유학을 결심하게 돼. 어려운 형편에 유학 생활에 대한 고민이 있었지만, 다행히도 맏형 염창섭이 일본에서 장교 생활을 하고 있어서 무사히 유학길에 오를 수 있었지. 6개월간 일본어 공부를 하고 아자부중학교에 편입할 수 있었어. 이후 도쿄에 있는 미션스쿨로 다시 편입하여 학교생활을 이어갔는데, 그곳에서 염상섭은 늘 상위권의 성적을 유지했다고 해. 그가 얼마나 명석한 학생이었는지 알 수 있는 대목이야.

1920년 귀국한 염상섭은 신문사에서 기자 생활을 하다가 〈폐허〉라는 동인지를 만들었어. 변영로 · 김억 · 나혜석 등 쟁쟁한 문인들이 함께했지. 〈폐허〉라는 이름은 독일 시인 '쉴러'의 "옛것은 멸하고 시대는 변하였다. 내 생명은 폐허로부터 온다."라는 시구에서 따온 이름이라고 해. 3 · 1운동의 실패 이후 당시 민중에게는 좌절과 절망, 경제적 궁핍으로 인한 괴로움 같은 부정적 감정이 가득했어. 그러한 '현실에 대한 불안감'을 기반으로 작품활동에 참여했던 이들이 〈폐허〉의 문인들이야.

● 1910년 8월 29일 일제가 한일 병합 조약에 따라 강제로 우리나라의 통치권을 빼앗고 식민지로 삼은 일. '국가적 치욕'이라는 의미로 경술국치라고도 말해.

당시 가장 인기 있는 동인지는 김동인으로 대표되는 〈창조〉였는데, 두 동인지의 라이벌 의식은 당대 문단을 이끄는 중심축이 되었어. 서로의 작품들에 대해 비평을 주고받았는데, 비평을 넘어 서로의 감정을 건드리는 상황까지 치닫기도 했어. 그런데 어찌 보면 이는 우리 문단의 발전을 이끈 기폭제가 되었다고 할 수 있을 것 같아.

당시 중편소설《약한 자의 슬픔》을 발표하며 문단에서 어느 정도 위치를 차지하고 있던 김동인이 염상섭에 대해 "소설을 논할 자격이 없다!"라는 이야기를 했기에, 염상섭도 자신이 논쟁 상대가 될 수 있음을 증명해야 했어. 그 증명이 바로 단편소설《표본실의 청개구리》였던 거야. 김동인조차 그의 소설을 극찬할 정도로 걸작으로 인정받은 작품이야. 이들이 계속해서 상대의 작품에 대해 비평을 이어감으로써, 우리 문단에서 '문학비평'의 발전도 자연스레 이루어졌어.

이후 염상섭은 신문사에서 일하면서 꾸준히 작품을 발표했어. 《만세전》,《삼대》와 같은 작품들을 연이어 발표했지. 일제와의 마찰을 견디지 못해 국경 도시에서 머물며 잠시 공백기를 가지기도 했지만, 해방 이후 서울로 돌아와 〈경향신문〉의 편집국장으로 일하며 다시 여러 작품을 발표했어.

염상섭에게는 특이한 이력이 하나 있어. 바로 한국전쟁 당시 군인으로 활약했던 사실이야. 해군 소령으로 복무하며 군 생활을 이어갔고, 전쟁이 끝난 이후에는 대학에 출강하며 꾸준히 작품활동을 이어 나갔지.

그러나 이렇게 문단에서 다양한 역할을 했던 염상섭은 말년에 약 한 번 제대로 사 먹지 못할 정도로 극심한 가난에 시달렸다고 해. 이 소식이 알려지고 문단에서는 그를 위한 모금 운동을 했는데, 애 석하게도 그는 1963년, 67세에 직장암으로 세상을 떠나고 말았어. 모두가 그의 죽음을 슬퍼했지.

★ 친구들에게 이 책을 추천해!

《표본실의 청개구리》

1921년 발표된 염상섭의 첫 소설이야. 이전까지는 비평 중심의 활동을 했던 염상섭이 작가로서 발돋움하는 것은 물론, 뛰어난 집 필 수준까지 인정받게 된 작품이지. 사실 이 작품은 우리가 읽기에 조금 난해하게 느껴질 수도 있어. 인물의 내면을 중심으로 작품이 전개되다 보니, 사건 위주로 흘러가는 작품들에 비해 내용을 이해 하기가 조금 어렵다고 여길 수 있기 때문이야. 그렇지만 그만큼 작 가의 역량이 뛰어나야만 집필이 가능한 작품이라는 생각으로 집중 해서 읽다 보면, 성취감을 느낄 수 있는 소설이기도 해.

'나'는 3 · 1운동의 실패로 좌절감을 느끼는 지식인이야. 작품에서는 특이하게 'X'라는 이름으로 등장해. 친구 'H'와 함께 이곳저곳을 다니게 되는데, 남포에 있는 '김창억'을 만나 느끼는 심정이 주된 내용이야. 김창억은 넉넉한 집안에서 태어났으나, 아버지가 재산을 다 날리고 죽어버리면서 온갖 풍파를 맞게 되는 인물이야. 하던 공부는 멈춰야 했고, 어머니마저 돌아가시고 말지. 첫 부인이 죽은 후 후처를 얻었으나, 불의의 사건으로 옥살이를 하게 돼. 몇 달 후 집에 돌아오지만 둘째 부인은 도망가고 없었어. 결국 김창억은 정신이 이상해지고 말아.

'나'가 김창억을 만나 느끼는 심정, 그를 통해 느끼는 당대의 현실을 지식인의 고뇌와 방황을 바탕으로 매우 잘 드러냈다는 평가를 받는 작품이야.

《두 파산》

1949년 발표된 염상섭의 단편소설 《두 파산》은 광복 직후를 다루고 있는 작품 중 가장 뛰어난 예로 인정받고 있어. '두 파산'의 의미는 경제적인 파산과 정신적인 파산을 두루 일컫고 있어. '정례 어머니'는 경제적 무능력에 빠져 노력으로도 극복할 수 없는 모습을, '옥임'은 윤리적인 면을 잃어가는 모습을 각각 보여주고 있어. 해방 이후 우리 사회의 혼란스러운 모습을 여실히 드러내고 있는 작품이야.

염상섭은 이러한 두 인물의 몰락이 단순히 개인적인 측면에서만 나타나는 것이 아니라 사회적인 분위기, 시대의 영향으로 인해 이뤄진 것임을 소설을 통해 말하고 있어. 우리가 진정으로 비판해야 할 대상이 무엇인지 그리고 어떠한 삶의 자세를 취해야 하는지 생각해 볼 수 있는 작품이야.

★ 작가의 세계관이 궁금해!

염상섭의 문학세계를 논할 때 빠지지 않고 등장하는 수식어는 다름 아닌 '자연주의'야.《표본실의 청개구리》를 통해 염상섭은 오랫동안 '자연주의의 완성자'로 불렸어. 자연주의는 서구에서 건너온 문예사조인데, 찰스 다윈의 진화론에 영향을 받았다고 전해져. 한 인간의 성격이 유전과 사회적 환경에 의해 결정된다는 이론이지. 그런데 '염상섭의 자연주의'에 대해 다시 평가해야 한다는 의견도 꾸준히 제시되고 있어. 그의 작품에는 서구의 자연주의 이론이 제시하고 있는 특징들이 완전히 녹아들지 못했다는 의미이지. 그래서 염상섭을 두고 '사실주의적 자연주의'라는 새로운 표현을 쓰는 비평가들도 있어.

자연주의에 관한 판단을 떠나 그의 작품세계를 들여다보려면 우선 초기 3부작에 대해 생각해 볼 필요가 있어.《표본실의 청개구리》,《암야》,《제야》는 우리 문학사에서 최초로 '고백체'를 사용한 작품들이야. 고백체는 인물이 가진 심정을 그대로 드러내는 방법인데, 지금은 크게 대단해 보이지 않겠지만, 당시엔 정말 새로운 형태의 창작 방법이었어. 이전까지는 시점을 이용하는 방법이나 작품을 서술하는 방식이 매우 단순한 편이었거든.

　염상섭의 작품세계는《만세전》을 기점으로 새롭게 진행되는데, 이때부터 염상섭은 '사실주의' 경향을 드러내게 돼. 예를 들어《표본실의 청개구리》에서 '나'의 여행이 기분에 따라 진행됐다면,《만세전》의 '이인화'는 아내가 위독하다는 연락을 받고 경성으로 출발하게 되지. 그리고 경성으로 향하는 길에서 겪는 여러 경험을 통해 식민지 현실을 '공동묘지'처럼 암울한 것으로 인식하게 돼. 사건 간의 개연성이 더욱 부각되는, 말 그대로 조금 더 '사실적인' 작품이 만들어졌다고 할 수 있는 거야. 사실주의 경향을 작품 속에 담기 위해서는 그만큼 현실에 대한 인식이 정확해야 하는데, 염상섭은 그러한 점이 매우 뛰어났어. 치밀하고 객관적인 관찰을 통해 식민지 현실을 고발하고자, 있는 그대로 나타내고자 노력했지.

　이러한 노력은《삼대》,《해바라기》,《임종》,《두 파산》처럼 우리가 잘 아는 작품으로 이어지게 돼. 염상섭은 이후 장편 20여 편, 단편

150여 편, 평론 100여 편 등을 세상에 내어놓았어. 그는 세월이 흘러도 여전히 많은 독자와 후배 문인들의 사랑을 받는 한국 문단의 거목이야.

★ 작가를 느끼고 싶다면?

〈인천 한국근대문학관〉

인천에 위치한 '한국근대문학관'은 개항기 물류창고를 개조해서 만든 곳이야. 개항장에 있는 문화 지구에는 다양한 물류창고가 있었는데, 최근 전국적으로 그런 곳을 예술가들의 갤러리나 작업장으로 새롭게 탈바꿈하고 있어.

인천의 한국근대문학관 역시 물류창고를 개조했기에 일제강점기 당시의 분위기를 느낄 수 있는 것은 물론, 당대 수많은 문인의 자료도 방대하고 소장하고 있어서 그야말로 근대문학을 총망라하는 곳이라고 소개할 수 있을 것 같아. 특히 염상섭의 《만세전》 초판 등 희귀한 자료도 많아서 근대문학과 관련한 보물창고로 불리고 있으니, 꼭 찾아보길 바라.

⟨서울 역사박물관⟩

　염상섭의 《삼대》는 서울을 주요 배경지로 삼고 있는 작품이야. 진고개는 지금의 충무로이고, 작품 속의 남산이나 홍파동 역시 서울의 실제 지명이지. 1930년대 서울의 역사가 어떠했는지, 일제강점기라는 시대의 모습을 확인할 수 있는 곳이 '서울 역사박물관'이야. 변모하는 서울의 모습을 보며 개화기 시대 선조들의 고난, 비약적인 성장을 이뤄냈던 할아버지 · 아버지 세대의 노력까지 모두 확인해볼 수 있는 시간을 가질 수 있을 거야.

라쌤의 P.M.I (Please More Information)

• 횡보의 의미

　염상섭의 아호는 '횡보'야. '가로 횡橫'과 '걸음 보步'를 합쳐서 만든 이름이지. 흔히, 제대로 걷지 못하고 비틀거리는 모습을 가리키는 의미라고들 이야기하는데, 이는 그가 워낙 술을 많이 마셔서 유래했던 것 같아. 그러나 그는 술을 마시면서도 늘 글을 썼고, 변화하는 세상과 그 속에서 살아가는 사람들에 대해 치밀하게 관찰하며 늘 깨어있고자 애썼지.

　염상섭은 말년에 직장암으로 오랜 시간 투병하다가 1963년 결국 세상을 뜨고 말았어. 임종 직전까지도 병으로 상당히 고통스러워했다고 해. 아픈 남편의 모습을 안타까워하던 그의 아내가 술을 숟가락으로 떠서 세 모금 먹여

주자, 그제야 편히 잠들 수 있었다고 하지.

· **염상섭과 나혜석**

나혜석은 우리나라 최초의 여성 서양화가이자, 근대 신여성의 효시로 우리에게 잘 알려진 인물이야. 염상섭과 나혜석은 일본 유학 시절 알게 된 사이였고, 꽤 오랜 기간 벗으로 지냈어. 〈폐허〉의 동인으로도 함께 했지. 그러나 왜인지 염상섭은 나혜석의 결혼 생활을 소재로 한 《해바라기》라는 작품에서, 오랜 기간 알고 지낸 나혜석을 다소 비판적인 시각으로 담아냈어. 나혜석은 '신여성'으로 불리던, 전통적인 가치관을 거부하고 예술을 지향하던 진취적인 사람이었어. 그런데 소설에서 염상섭은 신여성에 대한 부정적인, 어쩌면 혐오적인 감정을 드러내기도 했거든.

당사자가 아니고서야 둘의 관계에 대해 명확히 말할 수는 없겠지만, 염상섭이 오랜 기간 나혜석을 흠모했음에도 사랑을 얻지 못했기에 나혜석에 대한 부정적 감정이 생긴 것이라는 추측이 있어. 나혜석이 자신 대신, 예술 활동을 지원해줄 수 있는 경제적 능력이 있는 사람을 택했다고 생각했을 거라는 거지.

멈추지 않고 글을 써 내려간
글쓰기의 장인匠人

◇◇◇◇◇◇

이청준

"자서전은 아직도 개인의 삶을 살고 있는 사람들의
미래에 대한 자기주장일 수는 없었다.
자서전 속의 신념이라는 것이 그 자서전으로 하여
만인 속에서 자기의 뜻을 펴 실현하고 완성해 내려는
주장이어서는 안 되었다.
그것은 참다운 자서전이 될 수 없었다."
―《자서전들 쓰십시다》

SNS 홍수 속에서 진짜 '나'에 대하여

수많은 인물의 자서전과 회고록을 대필하며 살아온 '지욱'은 어느 날 자신의 삶에 회의를 느끼게 돼. 인기 코미디언이었던 '피문오' 씨의 자서전 '흐르지 않는 눈물'을 대필하다가 스스로 참된 글쓰기에 대해 고민을 하게 된 거야. 자서전 대필이라는 작업은 의뢰인의 마음에 드는 글이어야 했고, 자서전을 쓸 만큼 대단한 삶을 산 인물인 것처럼 거짓을 담는 행위이기도 했어. 실제 피문오 씨는 원고에 쓰인 것과는 달리 꽝장히 속물적인 인물로, 늘 '적당히 알아서'라는 말로 지욱을 압박하곤 했지. 지욱은 피문오 씨의 자서전 대필을 포기하는 대신 진짜로 자서전을 써도 될 만한 인물을 찾아 나서기로 해. 그 인물이 바로 '최성윤 선생'이었어.

하지만 지욱은 머지않아 자신이 생각하는 자서전과 최성윤 선생이 요구하는 방향이 크게 다르다는 것을 확인하게 돼. 선생이 거짓된 삶을 산 것은 아니었지만, 그는 자신의 신념이 너무나도 확고한 사람이었어. 신념이 확고하다는 건 다른 각도에서 보면 지나치게 고집이 센 것으로 여겨질 수 있었거든. 지욱은 결국 선생도 자서전을 쓸 만한 인물은 아니라고 생각할 수밖에 없었지.

하숙집에 돌아온 지욱은 화가 잔뜩 난 피문오 씨를 만나고, 그에게서 애초에 자서전을 대필하기로 했던 지욱이 사람을 가릴 입장은 아니라는 말을 듣게 되지. 자서전을 쓰자는 제안은 지욱이 먼저 했기 때문이었어. 자괴감에 빠진 지욱은 환청을 듣게 돼. "자서전들 쓰십시다, 자서전이요, 자서전!"

이청준은 《자서전들 쓰십시다》라는 작품을 통해 거짓이 가득한 세상에 대한 비판의식을 드러내고자 했어. 단순히 참된 '글쓰기 자세'를 제시하는 것을 넘어, 참된 '삶의 자세'를 이야기하고자 했던 것 아닐까?

독서 길잡이

읽기 대상   중3~고2

읽기 난이도   ★★★★☆

읽기 특징   EBS 교재 수록 및 모의고사 출제 작품

⭐ 이 문장의 주인은?

부끄럽지 않은 삶을 살고자 했던 천재 소설가

・**이청준**

《병신과 머저리》,《당신들의 천국》등으로 잘 알려진 작가 이청준은 1939년 전남 장흥에서 태어났어. 유년기를 장흥에서 보낸 그는 중학교 입학을 위해 대도시인 광주로 떠나지. 그러나 시골에서 나고 자란 그에게 대도시의 풍경은 낯설고, 적응도 힘들었다고 해. 이러한 막막함이, 그를 문학의 길로 이끌었다고 스스로 말했지.

광주 제일고등학교 2학년 시절, 어머니 홀로 계신 고향집이 팔렸다는 소식을 듣게 되었어. 무슨 일인가 싶어 이청준은 장흥으로 향했는데, 어머니는 아무 말씀 없이 저녁밥을 차려주셨어. 이튿날 새벽, 모자는 눈이 쌓인 길을 걸어 읍내로 향해. 아들은 버스를 타고 광주로, 어머니는 혼자 다시 눈길을 걸어 집으로 돌아가지. 사실 고향집은 더는 이청준의 집이 아니었어. 타지에 있는 아들을 마지막으로 집에서 재우고 싶었던 어머니가 새 집주인에게 부탁하여 하룻밤 지낼 수 있었던 것이었지. 훗날 이청준의 이 애틋한 경험이 《눈길》이라는 역작으로 탄생하게 돼.

여덟 살이라는 어린 나이에 아버지를 여읜 이청준의 삶은 늘 가난이 꼬리표처럼 따라다녔어. 서울대학교 독어독문학과에 재학 중이던 시절에는 잘 곳이 없어 강의실에서 쪽잠을 잤다는 일화가 있을 정도야. 그렇게 어려운 환경에서도 그는 언제나 문학으로 위로를 받았던 듯해. 대학 재학 중이던 1965년에 《퇴원》이 당선되며 비로소 문단에 발을 들이게 되었는데, 등단한 지 2년 만인 1968년에 《병신과 머저리》라는 작품이 제12회 동인문학상을 받으면서 이름을 알리기 시작했어.

그는 멈추지 않고 집필활동을 이어나갔어. 《별을 보여드립니다》, 《당신들의 천국》, 《이어도》와 같은 작품들을 세상에 선보였지. 등단 후 40년이나 공백기 없이 왕성한 작품활동을 했고, 각종 문학상을 휩쓸었지. 이청준은 그야말로 '문인의 삶'을 살았던 거야. 비평가들은 오랜 시간 꾸준히 작품활동을 하는 일이 절대로 쉽지 않다고 평가해. 그만큼 작가로서 지닌 능력이 뛰어나야만 가능한 일이라고 말이야. 이청준은 암 선고를 받고 병마와 싸우던 중에도 《그곳을 다시 잊어야 했다》라는 작품집을 출간하기도 했어.

삶에서나, 문학에서나 늘 모든 이들의 존경을 받았던 작가 이청준. 그의 고향인 전남 장흥군 그리고 여러 후배 문인들은 그의 발자취를 기억하기 위한 노력을 계속해서 이어가고 있어.

★ 친구들에게 이 책을 추천해!

《병신과 머저리》

부업으로 화실에서 아이들을 가르치지만 늘 무기력감을 안고 사는 '나'와 의사이지만 과거의 트라우마에 시달리고 있는 '형'의 이야기를 다룬 《병신과 머저리》는 이청준에게 문단의 집중 조명을 받게 한 작품이야. 뛰어난 작품성으로 교과서나 EBS 교재에도 종종 실리는 작품이니, 관심을 가지고 읽어보면 좋을 듯해.

이 작품은 동생의 '그림 그리기'가 중심인 외부 이야기, 형의 '소설 쓰기'가 중심인 내부 이야기가 맞물려 하나의 커다란 틀을 이루고 있어. 마치 수수께끼를 풀어가듯 내용이 전개되고 있어서 끝까지 긴장감을 늦출 수 없지.

형의 소설 속에는 한국전쟁 때 '오관모', '김일병'과 함께 낙오했던 경험이 제시되어 있는데, 동료의 죽음과 관련된 형의 비밀이 담겨 있어. 심리상태에 따라 달라지는 소설 속 결말은 수수께끼가 풀

리듯, 삶을 살아가는 인물들의 태도를 엿볼 수 있는 장치로 작용하고 있지.

《줄》

이청준의 상당수 작품이 그러한 것처럼, 이 작품도 액자식 구성을 취하고 있어. 이야기가 전환되며 시점이 바뀌기 때문에 그 점을 유의해서 읽으면 좋을 것 같아.

신문기자인 '나'를 중심으로 하는 외부 이야기 그리고 '줄광대'의 삶을 중심으로 한 내부 이야기로 구성되어 있어. 이청준 소설에서 종종 등장하는 '장인정신'이 주된 키워드로 다뤄지는데, 이와 더불어 '사라져가는 것들에 대한 안타까움'도 함께 제시되고 있어.

C읍은 '나'의 고향이었어. 그리 잘 나가는 기자는 아니었던 '나'는 '승천한 줄광대'를 취재하기 위해 고향을 찾게 돼. 직장 상사가 취재해 오라는 말에 어쩔 수 없이 향한 것이었어. '승천'이라니! 동화에나 나올 법한 이야기를 취재한다는 게 실은 그리 탐탁지 않았지만 말이야. 그런데 나는 그저 이름이 특이해서 찾아간 '승천 장의사'에서 괜찮은 정보를 얻을 수 있었어. 과거 한국전쟁 직전 C읍에 찾아온 서커스단의 이야기와 그 이야기의 주인공 '허운'의 삶에 대해서 말이야. 소설을 읽으면서 나의 삶은 어떠한 가치를 추구하며 나아가고 있는 것인지, 진지하게 고민해 볼 수 있는 시간을 가질 수

있을 거야.

《흰 철쭉》

1985년 발표된 이청준의《흰 철쭉》은 1인칭 관찰자 시점으로 쓰인 독특한 구성의 작품이야. 흰 철쭉이 피어있는 강남의 한 개인주택으로 아내와 함께 이사 온 '나'가 소설을 이끌고 있어. 우리 집 담장 바깥에서 늘 흰 철쭉을 바라보는 '나물장수 아주머니'가 관찰 대상, 즉 주인공으로 등장하지. 아주머니의 사연이 곧 작품의 전체적인 내용이라 할 수 있어.

나물장수 아주머니는 일제강점기 때 황해도에서 태어났는데, 결혼하면서 남쪽으로 내려오게 되었어. 친정집에 피어있던 흰 철쭉을 시댁에도 옮겨 심었지. 그런데 해방 후, 분단되며 더는 친정집에 갈 수 없게 되었고, 흰 철쭉을 바라보며 만날 수 없는 가족들을 떠올리는 가슴 아픈 사연을 가지고 계신 분이었지. 어느 해부터인가 아주머니의 모습은 보이지 않았고, 아내가 아주머니를 떠올리며 흰 철쭉을 바라보고 있었어.

실향민의 아픔은 사실 우리 민족 전체의 아픔이라고 말할 수 있을 듯해. 분단의 현실이 주는 고통을 형상화한《흰 철쭉》을 통해 소설 속 시대와는 너무도 달라진 현재를 사는 우리도 이를 간접적이나마 느낄 수 있지 않을까? 비교적 가까운 과거이기에 오히려 관심이 덜할 수 있는 우리 현대사에 대해서 이 작품을 통해 어렴풋이나마 이해할 수 있을 거야.

★ 작가의 세계관이 궁금해!

> "문학은 삶을 베끼는 것이다. 우리 삶이 끝나지 않는 한 소설 문학은 끝나지 않을 것이다."

이청준은 독자에게 이런 말을 했어. 그러면서 삶을 살아가는 주체인 '인간'의 내면에 대해 깊이 있게 다루고자 노력한 작가이지. 이러한 이청준의 작품을 '관념소설'이나 '의식소설'이라 부르기도 해.《병신과 머저리》는 그러한 내면 심리를 매우 잘 표현한 작품이라고 할 수 있어. 한국전쟁이라는 불행한 체험에서 심리적으로 벗어나지 못하는 현실의 인물들을 다루고 있지.

인물의 심리를 효과적으로 드러내기 위한 장치로, 이청준은 '액자식 구성'을 취하는 경우가 많아. 액자식 구성은 이야기 속에 또 다른 이야기가 들어가 있는 형태를 말하는데, 이청준 소설에서는 내부 이야기가 외부 이야기 속 인물의 심리에 영향을 주는 구조를 보여주곤 해. 내부 이야기는 이청준의 자전적인 경험이 다뤄진《눈길》과 같은 경우도 있고,《병신과 머저리》,《소문의 벽》처럼 시대의 아픔으로 인한 개인의 부정적 심리상태를 나타내는 경우도 있어.

 이청준 소설의 '뿌리'라고 할 수 있는, '고향'과 '어머니'에 대해서도 생각해 볼 수 있어. 작가 스스로 "나는 고향을 팔아먹고 사는 작가"라고 표현했을 했을 정도로, 고향이 이청준의 작품세계에 자리하는 비중은 매우 크다고 할 수 있지. 그리고 그의 작품에서 고향이 가지는 이미지는 자연스레 '어머니'라는 존재로 연결되기도 해. 일찍 아버지를 떠나보낸 그는 대표작《눈길》은 물론《연》,《빗새 이야기》와 같은 여러 작품에서 어머니에 대한 심정을 고스란히 녹여냈어. 그러다 보니 작품 대부분이 자전적 경험에서 비롯된 경우가 많아. 어머니와 관련된 이야기는 사실 누구나 공감할 수 있는 것이라 독자들은 쉽게 감정이입하게 되는데, 이청준의 글은 우리가 흔히 '안다고 믿었던' 내면의 깊숙한 부분까지 꺼내어 보여주기 때문에 더욱 묵직한 감동을 주는 것 같아.

 이청준 문학에는 삶이 있고, 사람이 있어. 누구도 관심 두지 않을 것 같은 광대, 사냥꾼과 같은 대상에게도 그는 깊은 애정을 보여주었지. 그리고 어머니, 고향과 같이 늘 우리 곁에 있어서 무심코 지나쳤던 대상의 소중함을 일깨워주기도 했어. 다름 아닌, 문학을 통해서 말이야. 그의 소설을 읽으며 세상에 존재하는 모든 것의 가치를 다시 한번 되새겨보는 것은 어떨까.

★ 작가를 느끼고 싶다면?

〈천관문학관〉

전남 장흥의 곳곳은 이청준 소설의 주요 배경이 된 곳이 참 많아. 그래서 장흥에는 문학기행 코스가 잘 조성되어 있는데, '천관문학관'은 이청준 문학을 한눈에 볼 수 있는 곳이라고 할 수 있어. 더불어, 한승원·한강 등 장흥 출신 문인들에 대한 전시물도 엿볼 수 있지. 문학관 근처에는 문학공원이 예쁘게 조성되어 있어서 산책하기에도 제격인 곳이야. 장흥 문학기행을 시작하기 전, 먼저 천관문학관에서 장흥문학을 만끽해보면 좋을 것 같아!

〈선학동마을〉

선학동마을 역시 전남 장흥에 위치한 곳으로, 1979년 발표한 단편소설 《선학동 나그네》의 배경지이자 장흥군이 자랑하는 8경 중 하나야. 이 소설을 원작으로 하여 영화도 제작됐어. 임권택 감독이 《선학동 나그네》를 바탕으로 2007년 〈천년학〉이라는 영화를 탄생시켰지. 선학동은 그 영화의 촬영지이기도 해.

포구에 물이 차오르면 관음봉은 한 마리 학으로 물 위를 떠돌았다. 선학동은 그 날아오르는 학의 품 안에 안겨진 마을인 셈이다. 동네 이름이 선학동이라 불리게 된 연유이다.

— 《선학동 나그네》에서

봄에는 유채꽃이, 가을에는 메밀꽃이 흐드러지게 피어서 계절마다 색다른 매력을 느낄 수 있는 참 아름다운 곳이야.

라쌤의 P.M.I (Please More Information)

• '공부를 하려면 이청준만큼 해라'

　이청준은 불우한 가정형편으로, 또 한국전쟁의 영향으로 초등학교 공부를 제대로 하질 못했어. 이청준이 살던 동네인 전남 장흥군 진목리에 진목교회란 곳이 있었는데, 그 교회 옆에 야학이 운영되고 있었다고 해. 이청준은 학교에 가지 못했기에 야학에서 한글과 산수를 배웠어. 이후 광주에 있는 광주서중학교에 꼴찌로 입학하게 되지. 그랬던 그가, 졸업은 1등으로 했다고 해. 광주일고는 수석으로 입학하여 수석으로 졸업했고, 서울대 독어독문학과에 당당히 입학했지. 학업에 전념하기 힘든 환경이었음에도, 얼마나 그가 피나게 노력했는지 짐작할 수 있어.

　이청준이 나고 자란 마을에는 '공부를 하려면 이청준만큼 해라'라는 말이 전설처럼 전해져 온다고 해. 이왕 할 거라면 제대로 하라는 의미이지. 이 말은, 다시 말해 공부에는 핑계가 없다는 뜻이기도 하겠지?

중학생의
인생문장

한국 리얼리즘 문학의 선구자

◇◇◇◇◇◇

김정한

"사람답게 살아가라.

비록 고통스러울지라도 불의에 타협한다든가

굴복해서는 안 된다.

그것은 사람이 갈 길은 아니다."

―《산거족》

'사람답게 살아가라'라는 말이 그렇게 어려운 것일까?

작품의 제목인 '산거족'은 말 그대로, '산에 거주하는 사람들'이라는 의미야. 도시에서 밀려나 살 곳을 찾아 산속 깊은 곳까지 찾아오게 된 이들의 이야기를 다루고 있어. 'S산'의 '마샛등'이라는 판자촌에는 '황거칠'이라는 노인을 비롯한 많은 이가 살고 있어. 시간이 갈수록 사람들이 밀려 들어와 규모가 꽤 큰 마을을 이루게 되었지. 그러나 산에는 물이 없었고, 시청에서도 너무 높은 지역이라 수도를 연결해 줄 수 없다고 말해. 돈과 일손이 부족해 어려움을 겪긴 했지만, 황거칠은 마을 사람들을 이끌고 고향 친구의 도움을 받아 수도 작업을 완료할 수 있었어.

그런데 해가 바뀌자 '호동팔'이라는 사람이 찾아와서 수도를 철거하라고 요구해. 알고 보니 그의 형 '호동수'가 몰래 S산을 사서는 마을 사람들이 어렵게 산에 설치한 수도를 독차지하려는 속셈이었어. 여러 어려움을 겪으며 정치권에까지 도움을 요청하지만, 정치인들은 자신의 선거에 도움이 되는지에 관한 생각만을 할 뿐 행정 조치를 계속 미루지. 황거칠과 마샛등 주민들은 끝까지 투쟁할 것을 다짐해.

결과적으로 이들이 무사히 수도 작업을 마치는지 소설에서는 확인할 수 없어. 하지만 그들의 행보를 보면 문제를 극복해 낼 것이라는 기대를 하게 돼. 《산거족》은 도시 개발, 불합리한 사회 구조, 부당한 권력에 대한 문제 등 현재도 충분히 우리 주변에서 일어날 수 있는 부조리들을 다루고 있는 작품이야. 단순히 사회 현실을 비판하는 데서 그치지 않고, 민중에게 좌절을 이겨낼 인내와 용기를 주는 이야기라고 할 수 있지. 식민지 시대에 일제에 저항하다 세상을 떠난 아버지와 할아버지를 가슴에 품고 늘 정의로운 삶을 살고자 하는 황거칠의 모습에서, 이를 확인해 볼 수 있을 거야.

독서 길잡이

읽기 대상   중3~고3

읽기 난이도   ★★★☆☆

읽기 특징   중·고등학교 교과서 및 EBS 교재 수록 작품

불의에 타협하지 않는, 가장 사람다운 작가

· 김정한

요산 김정한은 1908년 부산 동래군(현재 동래구)에서 태어났어. '낙동강의 파수꾼'이라 불릴 만큼 그의 삶에서 대표되는 키워드 중 하나는 분명 '낙동강'이라 할 수 있어. 강가에서 물을 길어 농사를 짓던 사람들을 늘 가까이에서 보곤 했거든.

김정한의 16대조가 탁영 김일손으로, 무오사화● 때 연산군에 의해 사형에 처해진 인물이야. 김정한은 자신만의 강직한 신념과 소신을 지니고 삶을 살았던 조상의 정신을 고스란히 이어받고자 했

● 연산군 4년인 1498년에 김일손이 쓴 사초(史草: 사관이 쓴 왕의 기록. 우리나라의 《조선왕조실록》이 국보이면서, 유네스코 세계기록유산으로 등재되어 있어)가 발단되어 일어난 사화를 말해. 조선의 4대 사화 중 첫 번째 사화야.

어. 그의 삶을 들여다보면 그런 대쪽 같은 모습을 자주 확인할 수 있지.

서울로 유학 온 김정한은 얼마 지나지 않아 부산 동래고보로 다시 전학 가게 돼. 당시 동래고보는 반일감정이 철두철미했던 학교였는데, 매년 동맹휴업을 했을 정도였어. 말 그대로 학생들이 동맹을 맺고 학업을 쉬겠다는 거야. 공부하기 싫어서 쉬는 것이 아니라, 자신들의 요구를 강력히 제시하기 위해 사용한 방법으로 일제에 대한 반발심을 드러내고자 했던 거지. 김정한도 이 동맹휴업에 참여했다가 무기정학을 당하는 일이 잦았어. 김정한은 반일감정이 어찌나 심했는지 어느 날 수업 시간에 한 교사가 일본을 '내지'라고 부르자 "내지? 충청도 말하시는 겁니까?"라며 망신을 준 적도 있었다고 해. '내지'라는 말은 일본인들이 식민지를 '외지'라고 불러서 생긴 표현인데, 일본이 본토이고 조선은 식민지 속국이라는 의미를 내포한 표현이었으니 분통 터질 수밖에. 세월이 흘러 1928년 김정한이 대현공립보통학교의 교사가 되었을 때, 그곳에서도 교내 조선인들에 대한 차별에 반발하다 경찰에 잡혀가기도 했어. 결국 교사 생활을 지속할 수가 없었지.

1929년 김정한은 일본 유학길에 오르면서, 본격적으로 문학을 접하게 되었어. 이 시기가 김정한이 문학적 역량을 키우는 데 매우 중요한 시기라고 할 수 있는데, 문우회와 독서 모임에 가입하는 등

문학도들과의 친분을 쌓을 수 있었지. 이찬·안막·이육사의 동생 이원조 등과 어울리며 깊이 있는 문학과 계급사상을 공부할 수 있었어.

　귀국하여 남해공립보통학교의 교사 생활을 시작한 그는 본격적으로 소설 집필에 몰두하는데, 1936년 단편소설 《사하촌》을 통해 작가의 길을 걷게 되지. 이 작품을 통해 김정한은 사찰이 소유한 논밭에서 일하는 농민들의 어려운 삶과 친일 승려들의 부적절한 행태 등 당시 세태를 매우 사실적으로 그려냈어. 《사하촌》의 실제 배경지로 알려진 부산 범어사에서 스님들이 김정한에 대한 테러를 계획했다는 이야기가 있을 정도였다니, 그가 그려낸 작품 속 농민들의 삶이 얼마나 사실적이었는지 짐작해 볼 수 있는 대목이야.

　일제 말기, 김정한은 교사 생활을 뒤로 하고 〈동아일보〉 동래지국 지국장을 맡았는데 그리 오래가지는 못했어. 일제의 심해진 검열과 주요시찰 대상자로 주목받았던 과거 행적으로 인해 조용히 몸을 숨겨야 했거든. 그는 조그만 회사에서 일하며 해방될 때까지 버티고, 또 버텼어. 일제의 부당한 압력에 대해 문제를 제기하여 감옥에 잡혀들어가는 일이 비일비재했고, 그때마다 심한 고문을 당하기도 했어. 그러한 과거 이력으로 일제는 늘 그를 감시했던 거야. 해방 이후에도 민주화운동을 하다 잡혀가기 일쑤였던 김정한은 그야말로 '사람답게 살아가라'라는 자신의 말을 온 몸으로 증명하는 삶을 살았던 작가이자, 정의로운 사람이었어.

1930년대 등장하여 문단을 놀라게 했던 그가 활동을 쉬었다가, 다시금 작품을 발표한 건 1966년, 그의 나이 59세일 때였어.《사하촌》으로 등단할 때만큼 세상을 깜짝 놀라게 하는 뛰어난 작품이었지. 틈틈이 희곡이나 소설을 집필했다는 이야기도 있지만, 대중적으로는 20여 년간 절필한 후《모래톱 이야기》를 통해 문단으로 돌아온 것으로 알려져 있어.《모래톱 이야기》는 당시 소외된 민중을 위한, 말 그대로 '민중문학'의 시작점이 되었어. 현실의 부정적인 노습을 드러내는 것에 취약했던 당시 문단에 반향을 일으킨 작품이라고 말할 수 있지. 이후 민중문학은 김지하나 황석영 같은 작가들에 의해 명맥이 꾸준히 이어져 내려오고 있어.

1996년 세상을 떠날 때까지 문학을 넘어, 우리 사회를 사람답게 살 수 있는 세상으로 이끌고자 애썼던 김정한. 그의 문학을 통해 진정한 '사람다움'이 무엇인지 생각해 볼 수 있는 기회를 가졌으면 좋겠어.

★ 친구들에게 이 책을 추천해!

《사하촌》

1936년 〈조선일보〉 신춘문예에 당선된 단편소설 《사하촌寺下村》의 한자어를 뜻풀이하면 '절 밑의 마을'이라는 의미야. 보광사 소유의 땅에서 소작을 하며 살고 있는 성동리 주민들의 이야기를 다루고 있지. 근처에 저수지가 생기는 바람에 물을 가두어서 냇물 한 줄기조차 논에 댈 수 없는 상황에서 극심한 가뭄까지 들게 돼. 그런데 악덕 지주인 보광사의 승려들은 선량한 성동리 주민들을 잔인하게 핍박하지.

나약한 인간이었던 주민들은 가뭄이라는, 자연이 주는 고통을 속수무책으로 견뎌야만 했어. 그것도 모자라 소작농이기에, 지주들의 횡포에도 놀아나야 했지. 이는 단순히 소설 속에만 머무는 이야기가 아니라 당시 우리 민족이 겪었던 삶 그 자체라고 할 수 있어.

절에서 기우제를 지내도 비는 내리지 않았어. 학비를 내지 못한 아이들은 학교에서 쫓겨나고, 산에서 놀던 아이가 산지기에게 쫓기다 절벽에서 떨어져 죽는 일까지 일어나게 되지. 그렇지만 일본 순사는 산지기가 무죄라는 결정을 내리고 마을을 떠나 버려. 더는 버틸 수 없었던 성동리 주민들은 야학당에 모여 집단행동을 계획하게 돼.

흔히, 심훈의 《상록수》와 《사하촌》을 비교하는 경우가 많아. 《상록수》에서는 무지한 농민에 대한 교육의 필요성을 제시하는 반면, 《사하촌》에서는 부조리에 대한 농민의 적극적인 저항의식을 표출하고 있다고 볼 수 있어. 두 작품을 읽으면서 시대 상황을 비교해 보면, 1930년대 우리 민족의 삶에 대한 이해에 큰 도움이 될 거야.

《모래톱 이야기》

낙동강 유역의 조마이섬을 배경으로, 권력 앞에서 희생되는 섬사람들의 비애를 다루고 있는 《모래톱 이야기》는 1966년 문예지 〈문학〉을 통해 발표되었어. 오랫동안 활동을 하지 않던 김정한이 실로 오랜만에 세상에 내놓은 작품이야.

'나'는 작품 속 관찰자이자, 조마이섬에 살고 있는 '건우'의 담임 선생님이야. 나룻배를 타고 통학한다는 건우의 이야기를 듣고 섬으로 가정방문을 하게 되지. 그곳에서 '윤춘삼' 씨와 '갈밭새 영감'으로부터 조마이섬의 내력을 듣게 돼. 섬사람들은 선조로부터 물려받은 땅 조마이섬을 일제의 수탈로 빼앗겨야만 했고, 해방 이후에는 국회의원이나 몇몇 유력자들에 의해 계속해서 땅의 주인이 바뀌어 갔다는 이야기였지.

어느 날 물이 불어나 물길을 막아두었던 방둑이 터졌고, 섬이 잠길 위기에 처하고 말았어. 갈밭새 영감은 위기를 느껴 둑을 허물고자 했으나, 권력자의 하수인들이 영감을 막아서지. 시비 끝에 갈밭 새 영감은 그중 한 명을 물에 빠뜨리게 되고, 결국 감옥에 잡혀가게 돼. 그날 이후 건우는 학교에 나오지 않았어.

실제 역사적 사건을 다루어 더욱 사실적인 내용으로 전개되는 《모래톱 이야기》는, 부당한 권력에 맞서는 조마이섬 사람들을 통해 우리 민중의 저항의식을 생생하게 그리고 있는 작품이야.

《수라도》

《수라도》는 1969년 〈월간문학〉●에 발표된 작품으로, 한국문학상 을 수상했어. EBS 교재나 고등학교 교과서에 실리고 있는 것은 물 론, 한국 근대사에서 우리 민족이 겪었던 수난을 사실적으로 뛰어 나게 그려내고 있어서 그 가치가 매우 높은 작품이야.

한국의 전통적인 여인상을 대변하는 '가야부인'은 일제강점기, 몰 락해가는 양반 집안의 맏며느리야. 온 집안 식구들이 일제의 탄압에 죽거나 잡혀가는 수난을 겪어야만 했지. 해방 후에도 고난은 이어 졌어. 갈수록 집안의 가세가 기울어갔기 때문이야. 동시에 친일하던 집안이 점점 떵떵거리고 잘 사는 모습까지 지켜봐야만 했지.

'수라도修羅道'라는 표현은 '아수라도阿修羅道'에서 나온 말로, '싸움

● 1968년 〈월간문학〉 사에서 문인들에게 작품 발표의 기회를 마련해 주기 위해 창간한 잡지를 말해.

을 일삼는 귀신 아수라가 살아서 늘 투쟁이 그치지 않는 세계'를 가리키는 말이야. 가야부인이 살았던 치열하고 고통스러웠던 세계를 표현한 말이라고 할 수 있어. 시대 상황으로 인해 삶 자체가 고통의 연속이었던 한 여성의 일대기를 통해 우리 민족의 수난의 역사와 시련을 이겨나가는 강인한 투쟁 정신을 만나볼 수 있을 거야.

★ 작가의 세계관이 궁금해!

"나 자신이 아닌 인간을 위해 글을 쓴다." 김정한은 1982년 한 신문사와의 인터뷰에서 이렇게 자신의 신념을 밝힌 바 있어. 문단에서 김정한을 두고 '저항의 작가' 그리고 '리얼리즘의 작가'라고 부르는 경우가 많아. 이는 그의 작품들이 사회 고발적인 내용을 담은 것이 대부분이기 때문이라고 할 수 있어.

김정한의 작품세계를 설명하는 다양한 표현이 있지만, 그중에서도 "가진 것 없는 자들의 고통스러운 삶을 있는 그대로 드러내고 있다"라는 말이 가장 적합하다고 할 수 있을 것 같아.

그의 대표작《사하촌》과《모래톱 이야기》는 도시 근교 농촌을 배경으로 하고 있는데《사하촌》의 경우 '일제강점기 수탈로 인한 농민들의 고난'을,《모래톱 이야기》는《사하촌》의 세계관을 확장시켜

'부당한 권력의 횡포에 의한 낙동강 하류 섬사람들의 저항'을 그리고 있어. 이러한 두 작품의 연결고리는 단순히 김정한이라는 한 명의 작가를 논하는 것에 그치지 않고, 1930년대 일제에 대한 '저항문학'과 1960~70년대 민족 문학의 다리 역할을 해준 것으로 평가받기도 해. 그만큼 많은 작가에게 영향을 준 작품이라는 의미이지.

리얼리즘, 다시 말해 사회의 단면을 있는 그대로 작품 속에 담아내고자 했던 김정한. 그는 《모래톱 이야기》 발표 이후 《축생도》, 《수라도》, 《산거족》, 《사밧재》 등의 작품을 쏟아내는데, 주로 가난한 민중의 삶을 작품 속에 녹여내기 위해 노력했어. '사람이 사람답게 살 수 있는 세계'를 문학을 통해 이뤄내고자 했던 거야. 김정한의 삶 전체에 녹아있는 불의에 대한 항거 정신은 그의 작품세계를 관통하는 힘이라고 볼 수 있어.

늘 약자에 대한 관심을 가지고 정의로운 삶을 살고자 했던 그의 작품들을 읽으면 김정한이라는 작가, 아니 김정한이라는 사람에 대해 더욱 깊이 있게 접근할 수 있을 거야.

★ 작가를 느끼고 싶다면?

〈요산문학관〉

부산 범어사역에서 내려 청룡초등학교를 지나 10분 정도 걸어 올라가면, 김정한의 생가와 함께 자리 잡은 '요산문학관'에 다다를 수 있어. 길목마다 김정한의 작품 속 구절들을 만나볼 수도 있지. 그 길을 '요산 문학로'라고 불러.

2006년 개관한 요산문학관은 전시실과 도서관, 창작실로 이뤄진 건물인데, 사실 건물에 들어가기 전 넓게 펼쳐진 정원이 정말 아름다운 곳이야. 김정한의 흉상과 크게 새겨진 '사람답게 살아가라'라는 글귀를 보면, 절로 벅차오르는 느낌이 들 거야. 김정한에 대한 좀 더 깊이 있는 이해와 감상을 위해, 부산 여행코스에 요산문학관을 넣어보는 것은 어떨까?

〈경남 양산 베랑길과 용화사〉

경남 양산시 원동면 화제리는 《수라도》의 주요 배경지가 되었던 곳이야. 작품 속에 등장하는 여러 지명은 실제 이름이면서, 마을의 배치나 거리감까지도 거의 일치하는 모습을 확인할 수 있지. 그래서 소설을 읽고 이곳을 찾으면 그 현장감을 고스란히 느낄 수 있어.

베랑길은 작품 속에 담긴 모습과는 많이 달라졌지만, 오히려 그

주변 경관을 만끽할 수 있게 잘 정돈되어 있어서 자전거길로도 유명해. 낙동강변을 달리며 자연경관을 즐길 수도 있고, 《수라도》의 장면들을 떠올릴 수도 있는 멋진 여행이 될 거야!

〈향파 이주홍문학관〉

향파 이주홍은 우리나라 근대 아동문학을 이끌었던, 김정한과 함께 부산을 대표하는 문인 중 한 명이야. 김정한과 이주홍은 40년 지기인데, 둘은 정반대의 성격을 지니고 있으면서도 늘 서로를 가까이했다고 전해져. 이주홍은 부드러운 성격인 반면, 김정한은 매우 강단이 있는 인물이었지. 어쩌면 그런 성격 차이가 둘의 부족한 점을 채울 수 있었기에 그 인연이 40년 동안 지속될 수 있는 것은 아니었을까 생각하게 돼. 김정한이라는 사람을 가득 채워주었던 벗, 아동문학가 이주홍. 그를 느낄 수 있는 '이주홍문학관'도 김정한의 문학을 이해하는 데 분명 큰 도움을 줄 거야.

라쌤의 P.M.I < Please More Information

• 아파트 운영위원장, 김정한

한국앰네스티 고문(1977), 자유실천문인협의회 고문(1974), 전국지방국립 대학교 교수협의회연합회 회장(1972), 민주회복국민회의 대표위원(1974)⋯. 그가 맡았던 단체의 직책들이야. 사실 여기 언급한 것 말고도 훨씬 많은 단체에 소속되어 활발한 활동을 펼쳤지. 그리고 또 특이한 이력이 있는데, 그는 한때 자신이 살던 동네의 '아파트 운영위원장'을 맡은 적도 있었어.

어느 날 밤늦은 시간에 같은 아파트에 사는 한 부인이 김정한에게 전화를 걸었어. 날이 추우니 불을 때라는 요구였지. 그 말을 들은 김정한은 규정 온도가 되지 않으면 불을 땔 수 없다는 말과 함께 '전화를 걸 땐 예의부터 지키라!'라는 말을 하곤 전화를 끊어버렸대(70년대 아파트 난방은 지금처럼 집마다 따로 조절할 수 있는 개별난방이 아닌, 아파트가 한꺼번에 조절되는 중앙난방식이었기에 이런 일이 생기곤 했어). 사실 그 부인의 남편은 판사였어. 판사 남편은 부인의 부탁으로 김정한의 뒷조사를 했는데, 절대 감당 못 할 인물임을 알고는 그냥 조용히 넘어갔다고 전해져. 김정한이라는 사람이 살아온 행적을 들여다보고는, 그가 어떤 사람인지 알게 되었던 것이지. 일제의 압력에도 당당히 자신의 뜻을 굽히지 않았던, 누구보다 신념이 강했던 인물이었으니까 말이야.

한국문학의 지평을 넓히다

◇◇◇◇◇◇

박경리

"그렇지. 내는 아직 생명이 남아 있었지.

항거할 수 있는 생명이!"

─《불신시대》

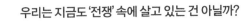

우리는 지금도 '전쟁' 속에 살고 있는 건 아닐까?

1950년대, 전쟁의 상처로 얼룩졌던 당시를 배경으로 하는 《불신시대》는 남편과 아들의 죽음을 겪는 '진영'의 모습으로 시작돼. 한국전쟁 당시 폭격으로 사망한 남편과 의사의 과실로 죽어버린 아들. 그러나 무기력한 진영의 삶을 괴롭히는 건 단순히 가족의 죽음만은 아니었어.

독실한 천주교 신자이면서 진영의 아픔을 위로하던 '갈월동 아주머니'는 계주 노릇을 하며 남의 돈을 갈취하는 이중성을 보이는 인물이야. 진영도 갈월동 아주머니에게 돈을 떼이지. 그리고 아들 '문수'의 위패를 모신 절에서는 시주하는 금액에 따라 추모의 정성이 달라지는 모습을 보여. 진영은 폐결핵으로 찾아간 병원들이 돈 때문에 온갖 비리를 저지르고 있음을 알게 돼. 사리사욕만이 가득한, 부패에 썩어들어간 사회의 모습을 보며 진영은 이에 대한 불신이 점점 커지지. 그렇지만 진영은 결코 생을 포기하지 않아. 불신 가득한 세상에 대해 항거할 수 있는, 그런 생명이 있음을 되뇌며 작품은 막을 내려.

《불신시대》 속 진영은 작가 박경리의 모습과 매우 닮아있어. 《암흑시대》, 《흑흑백백》, 《영주와 고양이》에도 역시 세상에 상처를 입은 인물들이 등장하는데, 실은 이로 인해 박경리는 종종 비판을 받기도 했어. 자신의 사사로운 감정만을 소설화시켰다는 이유에서야. 하지만 이에 대해 박경리는 삶과 소설을 동일선상에 올려두며 작가 역시 자기 자신을 통해 세상을 바라본다고 이야기했어. 어쩌면 자신의 경험을 적절히 녹여낸 덕분에 작품의 완결성이 더욱 높아졌다고 볼 수 있을 것 같아.

진영이 겪는 혼란은 한국전쟁 이후라는 시대적 상황 때문이었을까? 휴전인 현재는 과연 '불신'이 아닌, 믿음이 가득한 행복한 시대일까? 진영을 통해서 현재 우리 상황을 생각해보는 시간을 가졌으면 해.

★ 이 문장의 주인은?

생명이 있는 모든 존재에게 치열하게 애정을 쏟았던 작가
· **박경리**

　박경리는 1926년 경남 통영에서 '금이'라는 이름을 가지고 태어났어. 박경리의 자전적인 시 〈나의 출생〉을 빌려 표현하면, "두 눈이 눈깔사탕같이 파아랗고 몸이 하얀 용이 나타난" 태몽을 안고 세상에 나왔다고 해.

　박경리의 어린 시절은 그리 밝지는 않았어. '여자아이가 호랑이 띠이며, 호랑이가 한창 활동할 초저녁 시기에 태어났다'라는 이유로 박경리의 탄생은 축복받지 못했다고 해. 더불어 아버지는 늘 가정을 돌보지 않다가 결국 다른 사람과 살림을 차려 떠나버렸어. 박경리는 어머니와 단둘이 살아가야만 했지. 역시 그의 자전적 소설인 《반항정신의 소산》을 보면 이런 구절을 확인할 수 있어. "나는

어머니에 대한 연민과 경멸, 아버지에 대한 증오, 그런 극단적인 감정 속에서 고독을 만들었고 책과 더불어 공상의 세계를 쌓았다." 심지어 자신의 출생이 불합리한 것이었다는 표현을 했을 정도로 유년기의 삶이 고되고 힘들었던 것 같아.

가난한 형편에도 어린 금이는 늘 당당하고 자립심이 강한 모습으로 유년기를 보냈어. 소설을 워낙 좋아해서 수업 시간에도 책을 보느라 성적은 중간 정도밖에 되지 않았다고 해. 소설은 박경리가 가지고 있던 상처를 꿰매주는 역할을 했던 것 같아. 스스로 어린 시절의 아팠던 기억들이 자신을 작가의 길로 들어서게 해주었다고 말하곤 했으니 말이야.

박경리는 1945년 진주여고를 졸업하고 이듬해 '김행도'와 혼인했어. 하지만 김행도는 한국전쟁 중 포로로 수감되어 세상을 떠나고 말았지. 이후 박경리는 아들과 딸, 두 자녀를 데리고 고향인 통영 땅에 정착하고자 가게를 열었지만 겨우 생계를 이어가는 수준이었지. 그런데 애석하게도, 아들까지 불의의 사고로 잃고 말았어. 정식 작가가 될 생각은 아니었지만, 그때부터 글을 쓰며 슬픔을 견디려 애썼다고 해.

박경리의 친구 중에는 소설가 김동리의 집에 세 들어 사는 이가 있었어. 처음에 박경리는 시를 썼는데, 그의 시를 본 김동리는 시가 아닌 소설을 써 보라고 권유하지. 이후《불안시대》를 그에게 보여주게 되는데, 김동리는 박경리에게 알리지 않고 이 단편소설의 제목을 '계산'이라고 고쳐서 〈현대문학〉에 추천했어. 결국 박경리는 이 작품으로 정식 작가로 등단하게 돼. 어쩌면 김동리 덕분에 우리는 박경리라는 위대한 작가를 얻을 수 있게 되었는지도 몰라.

  이후 그는 《불신시대》, 《벽지》와 같은 단편소설을 발표하며 조금씩 작가로서의 기반을 다져 나갔어. 4 · 19 이후에는 '사회'나 '역사'라는 키워드에 초점을 맞춘 장편소설을 쓰기 시작해. 《김약국의 딸들》, 《시장과 전장》이라는 위대한 작품이 등장하게 된 것이지. 그리고 1969년, 대한민국 국민 대부분이 알고 있을 희대의 명작 《토지》를 〈현대문학〉에 연재하기 시작했어. 연재를 시작한 지 얼마 되지 않아 유방암 수술을 받았지만, 퇴원한 날부터 다시 집필을 시작했다는 일화는 널리 알려졌지.

  무려 26년에 달하는 집필 기간, 4만 장에 달하는 원고지 분량 그리고 700여 명의 등장인물까지! 그야말로 이 작품은 《토지》라는 소설이 아닌, 《토지》라는 '세계'를 만들어 냈다고 해도 과언이 아니야. 드라마, 뮤지컬로 제작되는 것은 물론 해외에서도 관심을 가질 정도로 우리 문학사에서 정말 엄청난 위치를 차지하고 있어.

  1969년 시작하여 1994년에 완간한 《토지》이후, 한동안 집필을 멈추었던 박경리는 2003년에 작품을 연재하기 시작했으나, 건강 악화로 더는 진행하지 못했고 결국 그의 마지막 소설은 미완성으로 남았어.

아버지에게 버림받았던 어머니를 지켜보는 일, 남편과의 사별, 아들의 죽음, 사위였던 김지하 시인의 투옥 등 온 가족이 겪었던 고통을 함께 나누어야 했고, 일제강점기와 한국전쟁라는 시대의 아픔까지 고스란히 떠안았던 작가, 박경리. 그가 세상을 떠난 지 10년이 넘었지만, 여전히 많은 이들은 문단의 큰 별이 졌다는 사실에 슬퍼하고 있어. 그런데 이 슬픔은 어쩌면 당연한 건지도 몰라. 그는 한국 문단의 어머니 같은 분이셨으니 말이야.

★ 친구들에게 이 책을 추천해!

《시장과 전장》

한국전쟁이라는 전쟁의 참혹함을 그려낸 장편소설, 《시장과 전장》은 1964년에 발표된 작품이야. 이전까지의 작품들이 다소 개인적인 차원에 초점을 맞추었다면, 《시장과 전장》은 좀 더 사회적인 측면이 강화되었다고 할 수 있어. 제목에서 알 수 있듯이, 삶의 터전이라 할 수 있는 '시장'과 이념으로 인한 싸움터인 '전장'을 배경지로 활용하면서 그 안에서 살아가는 두 인물의 시각으로 세상을 그려내고 있어.

'시장'으로 대표되는 인물 '지영'과 '전장'으로 대표되는 인물 '기훈', 각자의 이야기가 병렬적으로 전개되는 방식을 취하고 있지. 이 작품을 통해 전쟁으로 인해 변해가는 시장에서의 삶과 그 전쟁을 주도하는 이들이 펼치는 삶을 비교해 볼 수 있어. 그리고 두 인물과 주변 인물들이 겪는 아픔에 대해 공감할 수도 있지. 일부에선 두 가지 중심축에 놓인 사건들이 조화롭게 연결되지 못하다는 비판을 하기도 해. 하지만 이 작품에서 우리가 주목해야 할 점은 문학적인 기술보다는, 당시 인물들의 살아갔던 방식을 사실적으로 그려냈다는 부분일 것 같아.

★ 작가의 세계관이 궁금해!

박경리의 초기 작품들에는 '개인의 체험'이 많이 녹아있어. 그런데 그의 작품들이 단순히 개인의 체험에만 머무른 것은 아니었어. 문단에서는 계속해서 성장하는 박경리의 문학적 역량에 늘 주목할 수밖에 없었지.

장편소설 《김약국의 딸들》은 박경리가 추구했던 '생명주의 사상'의 시작점이 된 작품이야. 박경리는 늘 '생명'에 대해 강조해왔어. 박경리가 말하는 생명은 '세상 모든 것'이라고 생각할 수 있을 것 같아. 모든 생명은 고리로 연결되어 있고, 결국 하나임을 이야기했지. 그래서 자연을 파괴하는 것은 곧 나 자신을 파괴하는 것과 같다는 논리로 이어져. 이러한 '연결고리'를 적용해보면,《김약국의 딸들》에서 개인의 불행은 곧 가족의 불행으로, 또 사회의 불행으로 확장되는 모습을 보인다고 할 수 있어. 이를 역으로 생각해보면, 일제 치하와 같은 사회적인 문제가 개인의 아픔으로 연결되기도 하지. 박경리가 가지고 있던 사상에 대한 깊이 있는 이해가 어렵다고 하더라도, 그의 작품이 그만큼 단탄한 구성을 취하고 있으며 굉장히 사실적이라는 측면만큼은 확실히 알 수 있어.《김약국의 딸들》은 물론《시장과 전장》,《파시》와 같은 대부분의 장편소설들이 그 엄청난 분량에도 불구하고 흐트러짐과 빈틈이 없는 전개를 갖추고 있거든.

더불어 박경리가 작품을 통해 드러내고자 했던 가치는 부조리한 사회에 대한 비판, 인간 소외에 대한 저항, 인간의 존엄과 사랑에 대한 절대적 믿음 등이 있는데,《토지》를 통해 이 모든 것을 꽃피워냈다고 할 수 있어.

《토지》와 같은 소설을 '대하소설大河小說'이라고 부르는데, 작은 물줄기가 모여 큰 강을 이루는 것과 같다고 해서 붙여진 표현이야.《토지》의 시작은 1897년 한가위이고, 그 끝은 1945년 8월 15일, 일제로부터 해방되는 시점이야. 당시는 동학농민운동·을사조약·한

일합방·2차 세계대전·태평양전쟁·일제의 항복 선언 등 이루 다 말할 수 없을 정도로 역사적 사건들이 쏟아진 격변의 시기였어. 또한 일본 패망 전, 마지막으로 우리 민족에 대한 핍박이 극에 달한 시기이기도 했어. 박경리는《토지》에서 이러한 역사적 사건들을 사실적으로 다루었고, 그로 인해 영향을 받는 인물들의 고난과 역경 그리고 극복의 과정을 고스란히 담았어. 그래서《토지》를 두고, '소설로 쓴 근대사'라는 평가를 하기도 하지.

그런데 단순히 굵직한 역사적 사건만을 다룬 것이 아니라, 그로 인해 영향을 받는 사회의 모든 계층을 다루고 있다는 점이 이 작품의 진정한 가치라 말할 수 있을 거야. 역사보다 더 역사적인 소설이랄까.《토지》를 통해 들여다본 박경리의 작품세계는 그야말로 '생명의 총체'라고 표현할 수 있을 듯해. 생명을 가진 모든 것이 담긴 '토지'라는 또 하나의 세계를 만들어 낸 셈이지.

★ 작가를 느끼고 싶다면?

〈원주 박경리 문학공원〉

강원도 원주시 '박경리 문학공원'은 그야말로 박경리라는 한 사람에 대해 깊이 있게 느껴볼 수 있는 의미 있는 공간이야. 박경리의 생애를 들여다 볼 수 있는 자료실을 갖추고 있는 '문학의 집'에는 친필 원고, 생전 사진 등 여러 자료를 만날 수 있어.

문학의 집 옆에는 '박경리 문학공원'이 조성되어 있고, 더불어 박경리가 살았던 생가도 자리하고 있어. 공원 곳곳에는 평사리 마당, 홍이동산, 용두레벌 같은 이름을 붙여놓았는데, 이는 《토지》 속에 등장했던 배경이기도 해. 《토지》가 완성된 그 현장에서, 《토지》의 창조자 박경리를 느껴보는 것도 좋은 체험이 될 것 같아.

〈통영〉

사실 통영에는 '박경리기념관'이라고 해서 기념관, 박경리공원 그리고 박경리 묘소까지 함께 위치한 곳이 있어. 그런데 박경리기념관만을 이야기하기에 통영에는 박경리와 그의 작품들이 녹아든 장소가 너무도 많아. 박경리기념관에서 소설의 배경이 되었던 장소가 어딘지 확인해보고, 그곳을 직접 찾아가 보는 색다른 경험을 할 수 있는 곳이 바로 통영 그 자체라고 말할 수 있을 정도이지.

통영은 '한국의 나폴리'라는 애칭이 붙는 아름다운 항구도시기에 이미 관광지로도 잘 알려진 곳이야. 여행지로는 으뜸이랄까? 그 여행코스에 박경리와 관련된 문학기행을 추가해보는 건 어떨까?

라쌤의 P.M.I ⟨Please More Information⟩

· 50년 만에 다시 찾은 고향, 통영

　박경리와 관련한 조금은 놀라운 일화가 있어. 박경리가 자신의 소설의 주요 무대이자, 나고 자란 통영 땅에 50년 가까이 발을 들이지 않았던 사실이야. 그가 2004년, 다시 통영을 찾았을 때 수많은 인파가 박경리를 보기 위해 강연장을 찾았다고 해. 그야말로 금의환향●과 같은 순간이었지.

　집필에 대한 심리적 압박, 나서지 않는 자신의 성격 탓이었다고 사연을 전하였는데, 무언가 고향 사람들에 대한 아쉬움과 섭섭함이 있었을 것이라는 추측도 있어. 그러나 박경리는 이후, 남은 인생을 고향 통영 땅에서 보냈고 또 영원한 잠자리로써 통영을 선택했어.

●　금의환향錦衣還鄉은 '비단옷을 입고 고향에 돌아온다'라는 뜻으로, 출세하여 고향에 돌아온다는 의미야.

황순원

《소나기》

《거리의 부사》

《독 짓는 늙은이》

《목넘이 마을의 개》

《학》

《카인의 후예》

《너와 나만의 시간》

《이리도》

《별》

《산골 아이》

《움직이는 성》

《신들의 주사위》

《모든 사랑은 첫사랑이다》

현진건

《운수 좋은 날》

《흑치상지》

《희생화》

《빈처》

《술 권하는 사회》

《B사감과 러브레터》

《할머니의 죽음》

《불》

《고향》

김소진

《쥐잡기》

《열린사회와 그 적들》

《장석조네 사람들》

《고아떤 뺑덕어멈》

《자전거 도둑》

《목마른 뿌리》

《개흘레꾼》

《처용단장》

《혁명기념일》

《울프강의 세월》

《소진의 기억》

이태준

《돌다리》

《복덕방》

《달밤》

《사상의 월야》

《고향》

《무연》

《촌뜨기》

《문장강화》

김동리

《역마》

《나를 찾아서》

《백로》(시)

《화랑의 후예》

《무녀도》

《바위》

《신도산》

《사반의 십자가》

《등신불》

《황토기》

《혈거부족》

김동인

《태형》

《약한 자의 슬픔》

《배따라기》

《감자》

《젊은 그들》

《K박사의 연구》

《광염소나타》

《발가락이 닮았다》

《광화사》

《붉은 산》

김승옥

《무진기행》

《생명연습》

《서울, 1964년 겨울》

《건》

《누이를 이해하기 위하여》

《역사》

염상섭

《임종》

《표본실의 청개구리》

《만세전》

《삼대》

《두 파산》

《암야》

《제야》

《해바라기》

이청준

《자서전들 쓰십시다》

《병신과 머저리》

《당신들의 천국》

《퇴원》

《별을 보여드립니다》

《이어도》

《그곳을 다시 잊어야 했다》

《줄》

《흰 철쭉》

《눈길》

《연》

《빗새 이야기》

《선학동 나그네》

김정한

《산거족》

《사하촌》

《모래톱 이야기》

《수라도》

《축생도》

《사밧재》

박경리

《불신시대》

《너의 출생》(시)

《반항정신의 소산》

《벽지》

《김약국의 딸들》

《시장과 전장》

《토지》

《파시》

- 《그리운 동방-김소진 산문》, 김소진 저, 문학동네
- 《나를 찾아서-김동리 전집》, 김동리 저 , 민음사
- 《내가 만난 하나님-김승옥 산문집》, 김승옥 저, 작가
- 《대구문단인물사》, 윤장근 저, 북랜드
- 《르네상스인 김승옥》, 송은영 저, 앨피
- 《문장강화》, 이태준 저, 임형택 해제, 창비
- 《버리고 갈 것만 남아서 참 홀가분하다-박경리 유고시집》, 박경리 저, 마로니에 북스
- 《벗을 잃고 나는 쓰네》, 임채성 편, 루이앤휴잇
- 《사랑을 쓰다 그리다 그리워하다》, 이상, 이광수, 김동인 등 저, 루이앤휴잇
- 《상허 이태준 평전》, 철원신문 연재
- 《새로 쓰는 요산 김정한》, 부산일보 연재
- 《소진의 기억》, 정홍수 저, 문학동네
- 《이청준 깊이 읽기》, 권오룡 저, 문학과지성사
- 《이태준》, 장영우 저, 한길사
- 《작가는 왜 쓰는가-박경리 에세이》, 박경리 저, 작가세계
- 《황순원-선비 정신과 인간 구원의 길》, 송현호 저, 건국대학교출판부
- 《횡보 염상섭》, 경향신문 연재